PINDU
JINGZHANG TIELU

# 品读京张铁路

周雅麟 —— 著

中国铁道出版社有限公司
CHINA RAILWAY PUBLISHING HOUSE CO., LTD.

图书在版编目（CIP）数据

品读京张铁路 / 周雅麟著 . — 北京：中国铁道出版社有限公司，2021.6
ISBN 978-7-113-27572-3

Ⅰ . ①品… Ⅱ . ①周… Ⅲ . ①散文集－中国－当代 Ⅳ . ① I267

中国版本图书馆 CIP 数据核字（2021）第 033248 号

书　　名：品读京张铁路
作　　者：周雅麟
图片提供：中国铁道博物馆（署名图片除外）

责任编辑：王晓罡　　　电话：（010）51873343
装帧设计：闰江文化
责任校对：王　杰
责任印制：赵星辰

出版发行：中国铁道出版社有限公司（100054，北京市西城区右安门西街 8 号）
印　　刷：北京盛通印刷股份有限公司
版　　次：2021 年 6 月第 1 版　2021 年 6 月第 1 次印刷
开　　本：880mm×1230mm　1/32　印张：11.125　字数：220 千
书　　号：ISBN 978-7-113-27572-3
定　　价：78.00 元

京张铁路是中国铁路史上的里程碑

不一样的……

广义的阅读是每个人每天都在做的事。

读书，读我们遇到的事物。孔子弟子说每日三省吾身，告诉我们，还读自己。

有字的书写在纸上，无字的书铺展在大地。纸上有历史文化，有人与自然，有百科知识，有古今中外，有千秋功业以及后人的评说。大地上山川秀美、植物生长、动物出没，人们辛勤工作、努力生活、富于创造。

有心人阅读这一切，于一字一句、一草一木、一朝一夕中获得自己的感悟。

那么，我读京张铁路，看到的，是不一样的跋涉、不一样的风景。

这条路是不一样的。它凭着心中的轨迹，在几乎无路可走的世界里走出了自己的路，而且向西向北，向高处延伸，走了很远，走了一百一十年；它由主干走出了枝枝蔓蔓，一任枝蔓成长，也成了主干。

它虽然是一条路，却像长江黄河，滋养了中国——中国人的自信。滋养了沿途的父老乡亲，人们在工作中，在火车上，经常会想：我是在老京张啊，不能给詹天佑丢脸！滋养了孩子们，他们把这条路的经典照片用作微信头像、屏幕封面，一看就有精气神。

它没有故步自封，它在新时代修炼，终于让魂魄一飞冲天，超越自己，跨越百年，飞奔起来。

詹天佑是不一样的。他用坚实的脚步，从广州西门外十二甫那一幢没落茶商的旧屋，走去上海，走过太平洋，再揣着热爱和本领，千里迢迢走了回来。

他习惯于走。遇到问题他思考着走，赢得自信他鼓足干劲走。他带着钢轨，在祖国大地，走过山，走过河，从北走到南，从大清走到民国，走出民族的志气，走着铁路网的希望。京张铁路是他足迹的浓缩。

他的足迹不只限于空间，还在时间里延续。他曾谆谆敬告青年人："镜以淬而日明，钢以炼而益坚。"

翻开中国铁路史，后浪奔涌，人才辈出。他们就是以詹公为镜为钢，继承了创新创造的智慧，重振大国工匠的雄风，续写中华儿女的传奇，有了更多詹天佑那样的不一样。

不一样也属于重走京张路的字迹。重走京张铁路是从博物馆出发的，詹天佑纪念馆，那是一个窗口，一扇大门，走进去再走出来，视角变换，视野开阔，触碰沉睡的历史，听到鲜活的故事，发现深藏的美。

虽然不是历史资料，也并非风物游记，虽然我的笔笨拙，未必能表达其万一，但我认真地梳理，弄清楚一些事，忠实记录它们的来龙去脉，记录思想和感情，以此表达对京张铁路的敬意。

一条京张路，百年铁路史。

有人说，中国诗歌是中国文化的长河，我们永远无法吟诵它的全部，但我们知道它的源头，所以我们会吟诵《诗经》的开篇："关关雎鸠，在河之洲……"

我觉得中国铁路也适合这个比喻，百余年的南北西东、风雨兼程，百余年的拼搏奋进、纵横驰骋，我们无法走遍它所有的里程，但我们确信所有的线路都记得起点。没有谁不知道中国人自主勘测、自主设计、自主建造的第一条铁路。

铁路是国民经济发展的大动脉。一条京张路，不只是百年铁路史，也折射了一百一十多年国家民族发展的进程。那里面有血汗、艰难、顽强、奉献。还有美，勇敢的美、智慧的美、创造的美、成功的美。

博物馆是发现美的引子。它引导我睁大眼睛，在詹天佑走过的地方盘桓流连。

我的经历是领略美的载体。小时候，家住张家口，父母都是铁路职工，忙，把我交给北京的祖母，隔段时间接回来，再送回去；上学后回到父母身边，寒暑假必去和奶奶团聚；参加工作在张家口，恋人在北京，两地殷勤为探看；结婚生子落户北京，自然要"常回家看看"。

工作中，接触京张铁路职工。车站的客运员会不厌其烦地讲詹天佑的设计细节；山区的线路工沿着詹天佑的足迹巡检，春天一身土，夏天一身汗，冬天还有冰，他们不说什么，意志坚定；绿皮车上的京张包乘组"火"了很多年，是旅客都知道的模范，因为每趟车都评选"詹天佑先进小组"，流动红旗传递在车厢之间……

如此几十年，我是忠实的旅客，也是京张铁路前行的参与者、见证者。我喜欢这条路上每一处山的深邃水的流转，每一岁草木枯荣四季变换，每一次壁立万仞，每一番豁然开朗。

当我坐下来记录"读"后感的时候，正是绚丽丰饶的秋天，银杏金黄，果子熟了，空气中飘着甜香。

盼望已久的京张高铁，进入开通倒计时，还有两个多月。我感觉它像一个长跑运动员，历经山高水远，正沿着既定的方向，全力以赴冲向终点。

我隐隐地激动。我甚至提前到了终点，仿佛看见了冠军，面对喝彩之后，回转过身，虔诚安静地凝视远方。昔我往矣，杨柳依依。那是故乡，是起步的地方，是来时的路。

果然，京张高铁沿线、站点、列车上，到处都有老京张的元素。这是一种回望、追思，是抬起手来，向最初的榜样敬礼。

习近平总书记对京张高铁开通运营作了重要指示，他说："1909年，京张铁路建成；2019年，京张高铁通车。从自主设计修建零的突破到世界最先进水平，从时速35公里到350公里，京张线见证了中国铁路的发展，也见证了中国综合国力的飞跃。"

"80后"的京张高铁总体设计师王洪雨，在中央电视台专题节目中讲，两条铁路，同样的始发，同样的到站，同样穿越八达岭，同样跨过官厅湖，特别是有的路段，老京张融入了新高铁，它们是彼此的一部分。

一条线，两条路，一种接力，两个奇迹。

相隔一个世纪，却是血脉相连、息息相通。血是中华民族的血，息是自强不息的息。你中有我，我中有你。你证明中国人能行，建成了"第一"；我证明中国人优秀，建出了"智能、精品"。

所以，无法将两条路分开。纵然我最初是考察詹天佑纪念馆的文物，也不得不承认，京张铁路作为起点，最大的意义莫过于再造辉煌，孕育新的起点。我在路上走，看到古木迎春，老树新枝，盘根错节，开枝散叶，在中国千万里铁道线上，传播能量，飘洒芬芳。

京张铁路是中国铁路史上的里程碑。我愿让我的文字匍匐在里程碑周围，告诉后来的人们，这段里程有什么不一样。

　　当然，在安静的午后，在暮色苍茫的傍晚，这些卑微的文字也许按捺不住自己的热情，啾啾如鸟叫虫鸣，闪烁似点点繁星，它们倾诉希望，真诚祝福——

　　愿21世纪的中国铁路，不只是铁路，是祖国发展中的每一条路，科技创新，再接再厉，有更硬的核心技术，有更宽广绚丽的前景。

# 目录

摄影／王明柱

第一章

蓝图如画

中国铁道博物馆詹天佑纪念馆有一张图，玻璃镶嵌，贴挂于墙，秀丽大气。

　　深黝的孔雀蓝底色上，分布着淡而清晰的点线纹理，团团簇簇，丝丝缕缕，交织牵连的主线灵动而自然，看上去似有诗情画意。

## 相看两不厌

一

在纪念馆氤氲的历史和文化氛围中，在蓝色的图前，我站得稍微远一点，静静地，眯着眼睛看，捕捉动感。

突然有一个男孩儿跑上前来，指着图上一个星星样的、标着"北"的小图案回头高喊："爸爸你看，就是这个，这是什么？"

后面跟来一对夫妇，背双肩包，戴着眼镜。

"Be quiet！"年轻的爸爸一边提醒孩子安静点儿，一边凑过来看，"这是指北针和风力标嘛。"

男孩儿刚要张嘴，赶紧回头张望，虽然只有我，他还是把声音放低，悄悄说："它没有指北！你看，它指的是东南，为什么都说北？"

爸爸停了一下："可能那时候的方位和现在不一样吧，或者，因为地形的原因，不是正北正南……唉，I don't know，回头查一查吧。"男孩儿显然不满意，皱着小眉头。

爸爸自言自语："不过，这图真是精致。""那它为什么是蓝色的？"男孩儿忽然又大声，像是挑战。这回爸爸回答很干脆："这是晒图，一种工程图。"

什么是晒图？我以为孩子必要追问，也等着下文。结果没有，小男孩儿静默了一会儿，竟自把小手伸出来，放到了爸爸的大手里，他们手拉手走了。

我上前端详，果然不是上北下南，左西右东。原来却没在意。每一次来都有新发现，应该是好事，可我觉得有点儿羞赧，看了多少次，都看什么了？

也许，我爱看这张图，不是用专业人员的眼睛审视一张工程设计图，也不是用一般人的眼睛去参观博物馆里的一件展品。我用自己的眼睛发现，我坐着火车走过多少遍的一条路，柔和了山的坚硬，过滤了风的沙尘，在这蓝色的映衬下，竟然这么美。

看见中英文名称。

"京张铁路图"五个大字端端正正，连接了北京和张家口。那是迄今为止我最熟悉的两个地方，自己的家、父母的家。

古往今来，有些抱负的中国人都讲家国天下，《礼记·大学》中说"心正而后身修，身修而后家齐，家齐而后国治，国治而后天下平"，强调家是国的基础，国是家的延伸。黎民百姓经历过漫长的农耕社会，抵挡过天灾人祸，也依赖自己的家，家可以安放生命，可以过日子，可以乐享天伦。所以在中国的"春运"中，人们千里迢迢、浩浩荡荡，要"回家"。

英文名称的第一个单词是 CHINESE（中国的），这让我朴素的情感顿生神采，穿越到 100 多年前，京张铁路带着中国标志，意义非凡。

看见图上的意象。

那是由路线、车站、山洞、山、河、城等各种图标组成的，纤巧，细密，抽象。那鳞鳞爪爪，羽翼轻扬，如游龙穿行，似蝴蝶舞动，我像欣赏艺术品那样欣赏它。艺术品总有说不清道不明的东西浸润心灵，让人发呆，引人遐想。

看见中间那些线。

那是一组剖面图，似乎也叫高程图，图上一根一根站立的线，代表着不同的车站和不同地方的海拔高度。线细细的，清爽柔韧，恍若各种弦。弓弦蓄势待发；织机的弦勤劳而富于创造；竖琴的弦，从左到右，从低到高，当我的手指划过一个个车站，犹如琴师拨动琴弦。

看见图纸底部细密的表格。

那么多充盈在表格里的数字，实在看不清楚，据说是技术参数。我知道，恰恰是它们的整齐神秘，成为上面所有美妙飘逸的基础，如同一幅织锦的底布，或者梦的出处。

張 京

英 每 長
英 每 馬

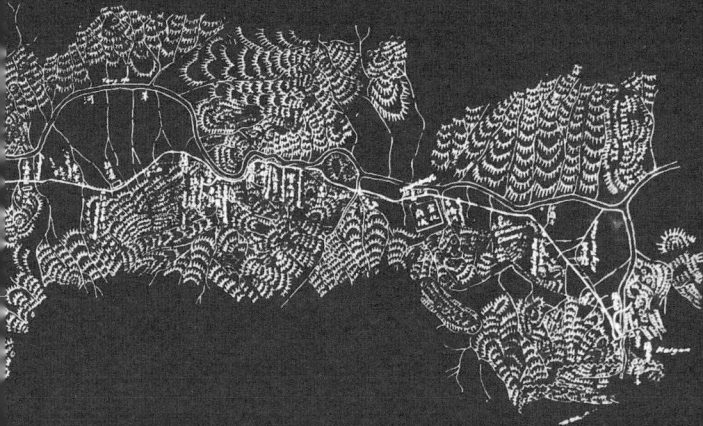

號 行
Note

鐵路　　車站　　山洞　　城　　氣泉
Railway　Station　Tunnel　City　Canal

山　　　進　　　坡　　　河　　　支
Foundation　Road　Grade　River　Road

—PEKINC-MENTOUKO BRANCH LINE—
路 枝 門 京

二

记不清楚，看这张图有多少次，反正不止七次。我问自己，只因喜欢，就百看不厌？

时下常说人心浮躁，审美疲劳。结婚七年之痒有"审美疲劳"，日日衣食无忧有"审美疲劳"，年年除夕看春晚有"审美疲劳"。美学上讲，审美是会疲劳的，而且审美疲劳本身也具有美学意义。

审美虽然不能离开社会共性的标准，但又是很个性的事。俗话说情人眼里出西施，每个人的审美体验不尽相同。归根到底，审美取决于审美者和审美对象双方，比如审美者的思想、年龄、经历，对象的本质、特性、背景。想要避免"审美疲劳"，一方面要有发现美的眼睛，一方面得有经得住发掘的内容。

比如唐太宗李世民看王羲之的《兰亭序》，看见了风骨俊逸雄健脱俗的书法；看见了曲水流觞春风沉醉的画面；还看见了深藏在文字中的人生得意、似水流年、苍凉悲叹，看见了对生与死的探究。他看不够，品不完，"置于座侧，朝夕观览"。

又比如，诸葛亮的妻子"容貌甚陋，而有奇才，上通天文，下察地理，凡韬略遁甲诸书无所不晓"。诸葛孔明不以为丑，反以为荣；梁鸿是古代的美男子，娶了力大无比，善于持家的丑女孟光，不但没有七年之痒，而且琴瑟和鸣，美满一生，"举案齐眉""相敬如宾"说的就是他们。

　　李白七上敬亭山，写下"相看两不厌，只有敬亭山"的著名诗句。敬亭山在安徽宣城，高不过三百多米。按照郦波老师的说法，李白之所以与敬亭山"相看两不厌"，不是因他中年盛名猖狂不羁，也不是因他晚景凄凉内心孤寂，而就是在平常的日子里，他看到了敬亭山的灵魂，又在敬亭山的灵魂里找到了自己的赤子之心。

　　我明白了，面对蓝色的京张铁路，所有的喜欢背后，是我看到了它的来之不易，它的生命与价值，它灵魂的美好。

　　詹天佑纪念馆里有这样一段话：

　　京张铁路是一条伟大的铁路，也许正因其伟大，它往往被人们概念化为"之字线""自动车钩""八达岭隧道"等几个简单的符号。事实上，这条由中国人自己勘测、选线、筹资、购料及选聘工程技术人员，全部靠中国人独立建造的铁路绝非如此简单……

　　深以为然。所有的"不简单"都是京张铁路灵魂美好的一部分。

　　中国铁路北京局集团有限公司党委宣传部、文联组织开展"天佑京张 逐梦先行"主题作品征集活动，那么多职工热情参与，文章歌曲、书画摄影，都在讲述那条路，讲述那条路引发的感悟，引发的以小我之努力聚大国之伟力的心愿。

　　清华大学的学生、研究生、博士生，多少人多少次从清华园车站上车，在京张沿途流连忘返，因为这条路，他们敬仰先贤，爱上铁路，在水木清华开一片园地，分享铁路的心灵之旅。

清华园站的"60后""大叔"值班员，在车站停运的当天，面对最后一趟列车远去，一如往常站立、敬礼、目送，只是忍不住喊出"再见了，再见！"声音已然哽咽。

许多"70后、80后、90后"们，有计划地考察、拍照、采访，通过报刊、博客、微信朋友圈，发布关于京张铁路的诗文、美篇，甚至编写成套的书籍、举办专题展览，探寻京张铁路蕴含的工业文明。

他们都是热爱京张铁路的人，他们看到了那些"不简单"，看到了京张铁路的灵魂，也找到了自己的赤子之心。

三

我在京张铁路上的行走难以计数。我用记忆拍照，通过工作和生活感知这条路。

我知道哪一片区域下了雪有山舞银蛇的感觉，哪一个路段是汛期防洪的重点，哪里夏意浓郁，哪里冬野苍凉，哪里的小站只有几个人值守，却窗明几净花开怡人，哪里火车停下来，斜阳照在绵亘的山脊，让游子生出温暖的遐想。

我还知道，20世纪60年代，坐火车特别荣耀。车一出站，窗外景物不断变换，城市村庄，田地屋舍，大人小孩儿……人们总会停下手里的活儿，看火车，有时还招手呼喊。

70年代物资匮乏商品紧俏，北京供应好。坐火车去趟北京，要帮父老乡亲们买各种东西。走时密密麻麻的纸上记满了名称、数量、型号，回来时大包小包，左邻右舍接车取东西，笑意盈盈的。

改革开放以后，坐火车的人成倍增长，火车越来越多地拉动人们的生活。大家坐上火车去求学、打工、看朋友、串亲戚、做买卖、旅游。父母家的隔壁小姐妹，人漂亮，讲时尚，节假日专门坐火车到北京买衣服，说走就走。

这几年，大家兴致勃勃地谈论高铁，盘算着有了高铁，一天之内能干些什么，期待着张家口与北京有更直接的关联。偶尔，人们也幽默一下：赶明儿北京人遇到雾霾，可以立马到张家口来！

我常想，当代人坐火车如我，有这些感受，1909年京张铁路通车的时候，那些见惯了马和骆驼，从没见过火车的人，那些第一次坐上火车的人们，又会是怎样的感想？

路是人类通往文明和幸福的基本途径。一条铁路不仅改变人们的出行方式，还有生活方式、思维方式，还有视野宽度、幸福指数，还有每个人心中属于自己的诗和远方。

所以我看见，一条铁路的本质意义，是一个国家有能力给人民提供生活的便利、追寻的方向、幸福的可能和保障。这是那张蓝图，是京张铁路灵魂美好的另一部分。

## 妙手绘丹青

一

丹青本是两种可以用作颜料的矿物，因中国古代绘画中常用，所以成为中国绘画艺术的代称。杜甫有诗云："丹青不知老将至，富贵于我如浮云"，古人也把优秀画家称为丹青妙手。

中国画自成体系，山水楼阁，花鸟人物，工笔写意，浓淡干湿，阴阳疏密，独树一帜。它强调"意"字，意存笔先，画尽意在，以形写神；它也注重"工"字，重结构、讲技法，总在豪放间、细微处，撼动人心。

詹天佑纪念馆里有关京张铁路的图纸很多。有的已经泛黄，有的是局部的，有的看上去十分简练，却手迹清晰，一笔一画，一点一线，都保留着绘制者的温度。

于我而言，少见工程设计图纸，常看八达岭那连绵的山峰，所以每次对视，那些图纸更像是抽象的山水画。

二

这些画是用心画出来的，"意存笔先"。

1905 年 5 月 4 日，这个将来的五四青年节为 45 岁的詹天佑注入了青春热血。这一天，他接到袁世凯发来的"对拟修筑的京张铁路进行测量"的通知，精神振奋，立刻从天津赶往北京。

就在到达的当天，听说英国籍铁路专家金达也从唐山赶来，要在所谓游猎途中勘察南口一带的山区，以便精选一条京张铁路线。其实金达上一年就亲自带人到沿线进行过勘测，因为英国和俄国一直争夺京张铁路的修筑权。虽然都未争成，但他们还是认为京张铁路要穿越复杂的八达岭，没有他们不行。

詹天佑是顶着压力走上勘测之路的，但他感悟到中国正在觉醒，需要修筑自己的铁路。一路上，他走过村村镇镇，按捺不住殷切的心情：

此路早成一日，公家即早获一日之利益，商旅亦早享一日之便安，外人亦可早杜一日之觊觎。

詹天佑心中装着很多东西，这些东西通过朴素的线条发散出来，就有了高的山，竖的井，幽深的隧道，长长的大桥。他亲手绘制的青龙桥"之"字线定测图，寥寥几笔，长城起伏，大山深谷，铁路线腾挪其中，出神入化。这个图，在之后的一个多世纪里，不断地被人描绘，比如土木工程的课堂上、铁路发烧友的微博里、专题教育活动中……被描绘一次就被讲述一次，而每一次讲述都必然提到"中国"二字，这种影响力可以媲美有影响的中国画。

三

这些画是精准生动的，"重结构、讲技法"。

在南口附近勘测时，考虑到将来遇大雨，铁路必须要避开山洪泄水，所以将线路选在高处。经过深入调查，詹天佑发现流经南口的水量并不像预想的那么多，于是，又赶紧找了另一条沿河的路线进行测量。两相比较，终于"选测了事实上更好的路线"。

在关沟，詹天佑将20公里的路段勘测了5天，综合各种因素，来来回回，反反复复。他后来说：

京张之间工程最难之点为南口关沟，曾经测勘七八条线之多，始定一线。

1905年6月初，詹天佑率队完成了全线勘测，历时24天。到了张家口，人们都感觉可以放松一下了。詹天佑却不踏实，总觉得类似关沟一带的勘测和设计，不仅国内没见过，就在西方亦算少有，将来工程浩大，而火车通过能力和运输量受地形影响，并非最理想。

于是，在返回北京时，除了受经费制约放弃的路线，詹天佑试图再次寻找可以避开关沟天险的其他路线。他们南下后直奔延庆，测量了走德胜口沟谷的另一条路。他将勘测计算的情况作了详细记录，然后进行比较，无奈地确认，相比之下，"南口关沟段还是最好的路线"。

在总的路线确定后，他们对其中关键的路段仍然不停地琢磨。特别在京张铁路如何穿越八达岭这个问题上，詹天佑认为来回的勘测、已有的方案还是不到位。回京后他重新又来，深入走访，终于发现了新线索。

经过大胆设想，詹天佑指导工程技术人员对新线索进行再勘测，他们尽可能走得远一点，看细，算准，核实，进行综合论证，终于产生了著名的青龙桥"之"字线。

另外，他们对貌似并不关键，但有些特点的路段也不轻易放过，努力探寻最省时间、最省工作量、最省施工费用、最安全的最佳路线。比如响水堡至宣化一个小小的区间；比如临近终点，一些不大的桥涵，都力争做出最完美的方案。外行看热闹，内行看门道，这些都被中外业界人士普遍称赞。

四

这些画是饱含艰辛的，于豪放与细微中，"撼动人心"。

纪念馆里有詹天佑使用的比例尺、计算尺，有工程师们用过的绘图工具，虽然年代久远，但在灯光和玻璃的映衬下，仍然熠熠生

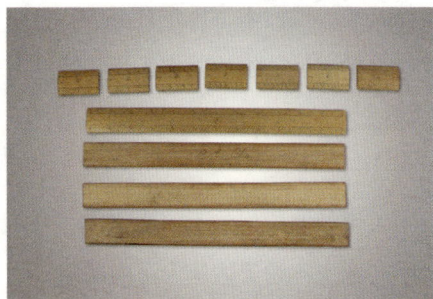

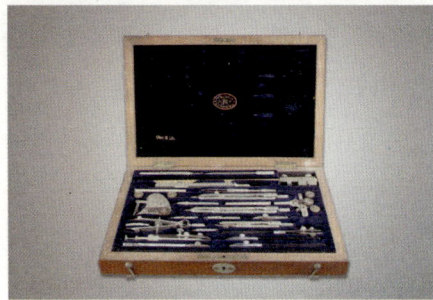

① 工程师们用过的绘图工具，虽然年代久远，但在灯光和玻璃的映衬下，仍然熠熠生辉，引人注目。

辉，引人注目。

100多年前的春天，阳光温暖，微风拂面，北京城绿意萌发，百花争艳，詹天佑他们出发了，他们第一次放开手脚，用自己的方式记录春天。但是，北方真正的春天来的晚，长城内外温差大，这边花开了，那边还有残雪冰渣。一路之上，气候多变，动辄沙尘暴、倒春寒。"狂风扬起满天黄沙，咫尺莫辨，视线被阻，不得不停止工作。风停之后又有小雨……"

100多年前的高山深谷，"两山夹峙，下有巨涧，悬崖峭壁，称为绝险"。詹天佑他们，背标杆，扛仪器，顶着风沙，在山野河道与悬崖峭壁间爬上爬下，在崎岖的山路上奔波往返，有时山势险峻几乎无法立足，使用仪器没有安放之地。每当读这段记录，我就会想起马克思的名言：

在科学上没有平坦的大道，只有不畏劳苦沿着陡峭山路攀登的人，才有希望到达光辉的顶点。

詹天佑他们不仅要勘测地形，了解地质、土壤，还要对未来施工中的桥梁、隧道、填挖土方等，逐一做出费用预算。为了掌握实际情况，每到一处，詹天佑都要"深入基层，调查研究"，他去找村民攀谈，他骑着小毛驴去访问当地官员，每当获得新的线索，便十分欣喜，马不停蹄地去验证。

100多年前的夜深人静，詹天佑和他的战友满面风尘，埋头在租住的小屋里，借油灯的光亮，核实数据，论证思路，详细计算，在十分落后的条件下，用先进的方式画出精确的图纸。

詹天佑的战友是一支队伍。最初人不多，只有徐士远、张鸿诰两名助手。而邝景阳，又名邝孙谋，是比詹天佑晚两年公派留美的中国幼童，是詹天佑步入铁路的推荐人，也是詹天佑一生的挚友。当詹天佑开始主持修筑京张铁路时，他便追随詹天佑，一同出征，进行了前期的筹划和施工。第二年，因詹天佑无法抽身去主持粤汉铁路，邝景阳被派往广东。

陆续调来京张铁路的，有颜德庆、陈西林、俞人凤、翟兆麟、柴俊畴、沈琪、苏以昭、张俊波等工程师，还有一大批山海关铁路官学堂、天津武备学堂铁路工程班毕业的技术人员。詹天佑在《京张铁路工程纪略》中强调，虽然他们"余繁不及备载"，却都是为"本路工程始终出力"的。

陈西林来得较早，使詹天佑如虎添翼。他按照詹天佑的要求，对新确定的八达岭选线进行精确核对，并写出报告。现在纪念馆有一套完整的绘图工具就是陈西林的。还有一盒竹质比例尺，上面有翟兆麟的英文签名。

在京张铁路建设中，詹天佑和他的战友们躬身丈量，用心描画，就有了那些标着山川、河流、里程和高度的，各种各样的图。

## 此路有多远

### 一

原来有人问北京到张家口的远近，回答众说不一。

人们说，火车 3 个多小时到 5 个小时不等；汽车特顺的时候只用 2 小时 50 分钟，但不顺的时候多；节日全家驾车行居然走了 7 个小时，堵车。网上评论，正常得很！

这条路，说远很远，说近很近。

### 二

从北京到张家口，曾经很远。

远得关山重重，长城以北是故乡，塞外高原多寒凉。沟壑纵横，道阻且长，驼队是交通工具，驼铃声声，艰难行进。

远得隔着上古的洪荒，跨越无穷的战场，天苍苍野茫茫，数千年，难思量。

远得方言迥异，习俗不同。张家口的孩子学说北京话，仍然带着塞外的声调；北京的甘泉炊烟做不熟张家口香喷喷的莜面。

在北京到张家口的路上，你会看到"黄帝城""古战场"等路牌，如果你愿意，它们能带你走到很远的从前。

相传距今4700多年，炎帝、黄帝是黄河流域最有实力的部落首领。东迁中，在阪泉战而结盟，实现了炎黄携手治世。还有个蚩尤部族，勇猛彪悍，生性善战，不服所管。《史记》载：蚩尤作乱，不用帝命，于是黄帝乃征师诸侯，与蚩尤战于涿鹿之野，遂擒杀蚩尤。这一战，兵力众多，历时三年，战场向周边蔓延，人们比喻为群雄大战，逐鹿中原。

阪泉和涿鹿两个古战场都在今天的张家口市涿鹿县东南，经过数千年光阴洗礼，仍留有遗迹。

有一次南方的朋友来京小聚，谈起京张高铁，特别感慨这条铁路还没通车就远近闻名，他说沿途各地都不熟悉，只知道明史中有个土木堡，令人唏嘘。

1449年，明英宗出兵塞外，亲征瓦剌军，却兵败被俘，史称"土木堡之战"或"土木之变"。瓦剌是一支蒙古部族，在塞北高原崛起，领地迅速扩展，骑兵能征善战。而明英宗年少继位，疏于政事，宠信宦官，太监专权。当瓦剌军向明朝发起进攻时，英宗听信大太监王振的怂恿，带着文臣武将浩浩荡荡盲目出兵，在土木堡（今天

↑ 京张铁路沙岭子段。

张家口怀来县东南），被瓦剌军追击围剿，全军覆没。

这的确是千古奇葩事，而且带来后面一系列的奇葩，直到后来明宪宗即位，恢复英宗之弟朱祁钰的皇帝尊号，为忠勇的于谦平反昭雪，这段事才算过去。

近些年，因工作缘故，经常从北京出发，去天津，去石家庄，去北戴河，去张家口。用一个同样的里程考量，我发现唯有张家口显得远。

别的方向都是平原，可谓一马平川、一览无余、一日千里，张家口却不然。

要翻山越岭。太行山和燕山两大山脉横亘在两地之间，太行山脉最高海拔 2882 米，东临燕山，多绝壁陡崖；燕山是中国北部著名山脉之一，西有八达岭，东至山海关，北接坝上高原，西南与太行山相望相连。

两大山脉相望相连的沟谷，叫作关沟，东起北京昌平区南口镇，西到延庆八达岭长城城关，长约 40 里，地势奇崛险峻。蓝色《京张铁路图》上面团团簇簇的图案，就表现了两大山脉相互交汇，又天然分界的灵动与厚重。詹天佑在此修建了"之"字形铁路和八达岭隧道，让火车回旋蜿转，驶出大山。

要越水前行。古老的永定河由桑干河、洋河汇聚而成，在南口到八达岭之间，河谷弯曲，水流奔腾不羁。仅这一段，京张铁路就架设了 20 多座大大小小的桥。

⊕ 居庸上关三十号桥。

官厅水库建于山峡入口处,库区跨张家口怀来县和北京延庆区,水面最大时可达 280 平方公里,日常约 130 平方公里。一百多年前,怀来河流经此地,河宽水深,是水库的雏形,京张铁路在水上架设了怀来河铁桥。后来铁路因水库而改线,遂有妫水河大桥。

如今,京张高铁建了官厅水库特大桥,橘红色的拱梁犹如彩虹飞架湖上。大桥的景观照明全面试用时,惊艳了旁边高速公路上的车辆,多彩的光束在浩渺的水面组成各种图案,波光荡漾,梦幻一般。

山水之间,从北京到张家口,海拔一路攀升,从蓝色《京张铁路图》那长短排列的竖线可以看出。

三

从北京到张家口,其实很近。

相距约 200 公里,在中国 960 万平方公里的大地上真是很近。近得紧紧相邻,除了二者下属的区县乡镇,中间没有其他城市。近得一荣俱荣,一损俱损。

1000 多年前,现在的北京和张家口所辖,分别作为燕云十六州成员,被五代时后晋的石敬瑭割让给日渐强大的契丹。契丹后来改称"辽",自此,北京和张家口互相陪伴,不知有"宋",不知道《清明上河图》所展示的繁华与兴盛,它们在北方少数民族的统治下,从"辽"走到"金",从"金"走到"元"。

明朝永乐皇帝,即明成祖朱棣,以原封地北平府(后改为顺天府)

为基础，新建北京城，公元 1421 年将首都从南京迁来，改称京师。可能是"靖难之变"，他把自己的侄子，也就是上一任皇帝给"变"没了，自己取而代之，不喜欢原来的首都；也可能是他感觉自己在南方根基不稳，势力不强，不如回到他作为燕王经营多年的龙兴之地更为妥当。但无论如何，从当时北方游牧民族频频侵扰的情况看，从他五次亲征漠北的雄心和魄力看，坚决抗击侵扰、确保政权稳固是个重要的考虑。

从那时起，地处华北平原与蒙古高原交界的张家口，有了特殊的政治、军事意义，成为京畿战略要塞。

在以后的 500 多年里，张家口拱卫京师。"地险旌旗藏杀机，山盘鼓角壮军声"，刀光剑影，枪炮硝烟，不但经历了中华民族融合、发展的过程，而且抗击外侵的八国联军、日本侵略者。所属的大小城镇、丘陵原野、山岭峪道、古老关隘，参与无数次作战，大大小小的保卫战、阻击战、歼灭战、伏击战……

新保安战役最能说明张家口与北京的关系。毛泽东亲自部署。1948 年 11 月 29 日，中国人民解放军华北野战军突然包围张家口，时任国民党军华北"剿总"司令的傅作义立即派其精锐力量 35 军增援张家口。随后东北野战军神速入关，出现在密云，傅作义又速令 35 军赶回北平。途中，华北野战军严阵以待，将 35 军围困在新保安城内。12 月 20 日，解放军东北主力入关，完成了对平津的战略包围，22 日新保安总攻打响，激战 10 小时，国民党精锐之师彻底覆灭。张家口随即解放，没有了嫡系部队的傅作义，经过中共地下党的工作，终于和平起义，打开了北平的大门（解放前北京曾又改称北平）。

新中国成立70年，张家口从相对闭塞的军事重地发展成美丽的塞外山城；从北京抵御大风沙的前沿，发展成首都的粮仓菜篮。京津冀协同发展，提升人们的幸福指数，张家口离北京越来越近。

2019年夏，我来到北京长安街西延线，原首钢大院。园区开阔，绿树浓荫，与巍峨的工业遗迹相对应，冰雪运动场馆拔地而起。这里是北京冬奥组委的办公地，也是备战冬奥会，部分国家队的训练基地。

回忆四年前，中华人民共和国北京市携手张家口在国际奥委会获得2022年第二十四届冬季奥林匹克运动会的主办权。从那时起，北京和张家口就有了更紧密的联系。

2019年12月30日，京张高铁腾空入地，把北京到张家口，从几个小时缩短到最快几十分钟。

四

古往今来，从北京到张家口，还有很多的远远近近。人们凭借铁路、公路，和自己的心灵之路去体验。

我经常想起詹天佑纪念馆里的两张图。一张蓝色的《京张铁路图》；一张蓝色线条的《京张高铁规划图》。

是啊，因为有它们，一条路从牛马骆驼的迁移到铁路运输，又到高铁风驰。因为有它们，一条路从平原到高原，从曲折到开阔。

我品味两张图的含义：北京到张家口，日益缩短的，岂止是时间和空间上的距离！

一路走来，时代变迁，清风浩荡，白云舒卷。总是忆起20世纪80年代，我坐上家乡的火车，在微熹的晨光中向着北京去，心中涌动莫名的憧憬。总是愿意体验现在的速度，我在高铁的车厢里，随银龙深潜，凭虹桥飞渡，跨越中国铁路非凡的历程。

这时，如果有谁问我北京到张家口的远近，我会说，那是一个从追赶到引领的距离，百年的艰辛与光荣。

## 龙行八达岭

一

2018年4月的一天，我又到詹天佑纪念馆，恰逢里面正在扩建、布展。

蓝色的《京张铁路图》依然在那儿，付建中馆长给我们做了详细介绍。10种图标显示山形地貌，中英文对照标注了车站和地名。

京张铁路起自北京丰台柳村线路所，终到塞外张家口，全线有20个站点（最初通车时，除线路所外，有13座车站，随后又增建）：

丰台柳村、广安门、西直门、清华园、清河、沙河、南口、东园、居庸关、三堡、青龙桥、西拨子、康庄、怀来、沙城、新保安、下花园、宣化府、沙岭子、张家口。

另外还标注了各山洞的长度，标注了京门支线的西直门、三家店、门头沟车站。

付馆长说，虽然早期中外地图的方位大多上北下南，但属于约定俗成，没有规定。而且海防图、边防图等，方位自成体系。直到1929年，中国的各种地图才统一为"北上"的朝向。

他还说，蓝图也叫晒图，是一种复制图，由底图通过半透明纸、化学制剂、光合作用晒印而成，主要用于工程设计，同时便于保存。

我认真听着介绍，忽然想起一件事，差点就笑了。

几天前打电话给闺蜜，资深美女，早年名牌大学土木工程专业的毕业生。

"给我讲讲什么是蓝图？"

"蓝图，蓝图就是美好的生活愿景！"

我笑起来。

"不对吗？咱们那时候不是经常说，要描绘四个现代化的宏伟蓝图吗？"她很认真。

我说："我问的是专业问题，工程设计图纸，蓝色的，好像也叫晒图。"

"嗨，我毕业就没搞工程设计，先是工程预算，后来是财务预算，早没了图纸的概念，只有向钱看……"她笑得爽朗。不过她很快收住笑，一本正经："真的，我说的也不错，蓝图本身是好的建设方案、建设规划，同时也比喻希望和美好的前景。"

## 二

蓝色的《京张铁路图》不仅规划了京张铁路，还开启了北京到张家口的其他铁路线。

新中国成立后，于 20 世纪 50 年代修建了连接北京丰台与张家口沙城的第二条铁路——丰沙铁路线。它始自北京枢纽，在沙城并入京包铁路（京张铁路后来延展到内蒙古自治区包头市，改称京包铁路）。

这条路线是当年詹天佑修建京张铁路时所选的几条线路之一，能够避开关沟段大坡道，但因工程巨大、造价太高、人力财力不足而不得不忍痛放弃。

丰沙线沿永定河岸北上，依山傍水，曲折蜿蜒，别有洞天，隧道密集有 60 多个，桥梁众多达 81 座，这还不含复线。车站的名字也富有特色：斜河涧、落坡岭、雁翅、珠窝、沿河城、幽州、官厅……

在进山的第一个隧道前，一个不起眼的农家小院边，矗立着丰沙铁路烈士纪念碑，记录了当年铁道兵与洪水、风沙、落石、塌方奋力拼搏、顽强施工的过程。105 公里的路段，108 位烈士，他们永远地安息在铁道旁，日夜倾听着列车来往，车轮滚滚。

丰沙线建成后十分繁忙，它连接着京张、京包铁路，客货运输能力大大提升。现在由北京西站发往张家口、包头方向的普速旅客列车，都通过丰沙线运行。

三

重新布展的纪念馆，增加了介绍京张高铁（京张城际高速铁路）的内容：全长 174 公里，设 10 座车站，同步建设延庆支线、崇礼铁路，可直达崇礼太子城奥运村。2016 年开工，2019 年底建成。

展板上简洁的《京张高铁规划图》，用蓝色的线条把各车站串连起来，北京北、清河、沙河、昌平、八达岭长城、东花园北、怀来、下花园北、宣化北、张家口，以及延庆和太子城。

还有一帧申冬奥宣传片中截取的示意图，表明铁路与 2022 年冬奥会各大赛区的联系，图上也是深深浅浅的蓝。

我对蓝色有了敏感，那种蓝中，有憧憬的明天、期待的遇见。曾经写过一首诗，表达对京张高铁的盼望，刊登在 2018 年的《人民铁道报》上，题目是"我期待那一天"。尔后参加一个会，一位领导在会议开始前，拿出了报纸，请人朗读这首诗，她说："高铁好啊，大张线与京张线相连，并且将同时开通，我的家乡在大同，我也期待那一天！"

的确，高铁让人有太多的期待。何况是全新的高铁，集高铁技术之大成，开智能铁路之先河。

京张高铁有地下站，有地下隧道，有代表性的大桥；有智能化建造、智能化列车、智能化线路、智能化车站。

纪念馆的同志说，关于"智能"二字，一般旅客乘车时也许看不出什么，但如果参观了解，就会知道，我们首次全面使用的 BIM、GIS 等技术，构建了铁路设计、勘察、建设、运营，多专业协同管理系统，实现了多源数据融合、多维交互可视、多状态关联等，是高铁安全运营的科学保证，是高铁建设技术的又一次飞跃。

智能化建造从清华园隧道可以知道。隧道全长 6.02 公里，是目前国内开挖直径最大的高铁盾构隧道，单洞双线，穿越城市。由于位置特殊，要并行和穿越 4 条地铁、7 条市政道路、88 条市政管线，还有各种建筑物，其地形之复杂、施工风险之高，在国内还从没有过。其隧道施工全过程采用可视化监控系统，像外科手术那样精准无误，丝毫没有打扰市民的正常生活。

智能化列车是在"复兴号"基础上融入各种前沿技术开行的"智能动车组"。通过北斗卫星导航、5G 网络等，实现自动驾驶、自动发车运行、自动停车开门、自我诊断、智能维修、降低能耗，还通过车载 Wi-Fi 全覆盖、专项 App，让旅客获得资讯和娱乐的新体验。

智能化线路是通过无线传输、列车运行控制系统、智能化调度指挥和牵引供电系统，实现地面与动车组的双向信息实时传输，从而维护设备，防灾预警，保证列车安全运行。

智能化车站融智能管理、智能服务于一体，一方面通过大数据、云计算等信息技术，对客流特征、天气变化、突发灾害等进行分析预警，为列车开行提供优化方案。另一方面运用人工智能、自动服务、刷脸进站等黑科技让旅客的出行顺心如意。

此外，全线大量采用降噪设计、可再生能源、光伏发电、新型节能环保光源等新材料、新手段，减少排污和用电，保护生态环境。

所以，京张高铁有一张响亮的名片，叫"精品工程、智能京张"。

四

詹天佑纪念馆就在八达岭。从纪念馆出来，我想起矗立百年的詹天佑。他当年抱病登上长城，对天长叹：

生命有长短，命运有沉升，初建路网的梦想破灭令我抱恨终天……

现在，蓝天下长城边，他不仅看到京张铁路，还有隔山相望的丰沙线，还有如火如荼的京张高铁，还有很多……目睹新中国 70 年山川之俊美、日月之光华、国家之变化，汇聚到铁路之发展，詹公梦想成真，一定欣慰。

我沿着长城登上能够抵达的八达岭最高峰。不知是不是当年詹公到过的位置，但我尝试以他的目光眺望。

长城像一条巨龙蜿蜒于群山之中，依山起伏，时隐时现，威武庄严。长城起源于春秋战国，秦始皇统一六国，遂有万里长城，诸多朝代加以续修，明长城绵延一万七千余里。

京张铁路犹如钢铁的长龙，在高山深谷中游走穿行，曾经虎啸龙吟，吞云吐雾，汽笛长鸣。如今，S2 线旅游列车正穿过桃花、杏花、

摄影 / 孙立君

丁香的花海，徐徐驶来，被人们亲切地称作"开往春天的列车"。

京张高铁是新时代的智能之龙，无视险阻，任意纵横，是综合国力的象征。它将连接呼和浩特、银川、兰州，沟通东北、华北、西北，成为国家中长期铁路网的重要部分。

八达岭告诉我，这里巨龙交汇，形态各异。古老的长城是静卧的龙；一百年前的京张铁路是觉醒的龙；新的京张高铁是腾飞的龙。

而我告诉八达岭，龙虽不同，却都怀了初心，揣着梦想，自我修炼，自强不息，自带光芒，自有传承。

长城以它雄奇的骨骼和民族的精髓，把一种坚韧进取，一种巍峨俊逸，一种朴实干练植入人们心里。

京张铁路曾让中国人在半殖民地半封建的暗夜里看见光亮，在积贫积弱中奋起、抗争，萌生追赶的梦。

京张高铁踏上了"八纵八横"的新征程，和我国无数高铁一道，在祖国广袤的大地上展现中国速度、中国智慧、中国创造。

银龙飞舞，巨龙驰骋。它们的光芒、它们的延伸，彼此辉映，相互交融，正在共同描绘和编织一幅恢宏的蓝图，一幅更新更美的画卷，令人期待，催人实干。

那是我们的家，我们的国，我们民族复兴和强盛的梦，是亿万人民心底的幸福愿景。

# 第二章

## 任命光荣

这纸薄薄的，淡黄，有年代感，上面是毛笔书写的字句。

　　它不是书法作品，而是一纸公文。只不过特定的地方、特定的人名、特定的时间、特定的事件，因了这张纸，集合在一起。

## 铁路时代来临

一

1872 年 8 月 11 日，詹天佑和小伙伴儿们从上海乘船，横渡太平洋，到美国去求学。

两次鸦片战争后，清政府把学习知识、拯救王朝的希望寄托在孩子身上，决定分四批招考聪颖幼童 120 名，赴美留学 15 年（后因顽固保守势力阻挠，提前撤回），学成归来，授予官阶、听候差遣。同时要求孩子的父母承诺：如遇天灾疾病，生死各安天命。

詹天佑和小伙伴儿们是首批中国公派留学生，30 人，平均年龄 12 岁。他们一个月后抵达美国西海岸的旧金山。在那里上了火车，穿越美国大陆，前往东海岸的纽约，再辗转抵达斯普林菲尔德市，一个叫作春田的小城。

在六天六夜的火车行程中，他们看到了异国风景，更感受到大工业文明。乌黑发亮的钢轨蜿蜒伸向天边，没有尽头；车窗外的一切都向后退，退得飞快；雄壮的车头喷着白的或者黑的烟，拖着长长的车厢奔跑，毫无阻拦，有时候一声长鸣，声震四方。这犹如神话，让詹天佑和小伙伴感到说不出的惊奇。

当时的詹天佑不知道，1828 年美国开始修建第一条铁路，经过几十年，全美的铁路发展正在进入鼎盛时期。

詹天佑中学毕业，选择报考耶鲁大学铁路工程专业。他记得初见火车的感觉，他记挂着自己的祖国似乎还不知道火车。他有对比，虽然说不清国情、政体、文化差异，但他清楚地看到了先进与落后的区别、科学技术的差距。

英国是世界上最早发生近代资本主义工业革命的国家。18 世纪末至 19 世纪初，从科学家瓦特，到被誉为蒸汽机车之父的乔治·史蒂芬森，他们不断研制和改进，终于制造出效能优越的蒸汽机，在城市之间开始商业运营，从而有了铁路。

铁路优点显著，发展迅速，从货运到客运、从短途到长途、从英国到世界。欧美各国纷纷行动，兴起了一个竞相兴办铁路的热潮。美国最得风气之先，其铁路的高速发展超过了欧洲，震惊了世界，带动了全美经济的腾飞。美国从而进入世界最发达国家行列，成为全球新兴的工业中心。

詹天佑感受到铁路的力量。他觉得一条条铁路似血脉偾张，让一个国家强壮。他知道父母所在，自己将来也要回去的那个地方，

↑ 詹天佑中学毕业，选择报考耶鲁大学铁路工程专业。

羸弱、贫瘠、闭塞，需要血脉偾张，需要强壮。他萌生了朴素的愿望：把铁路的神奇和力量带回祖国，在古老的大地上推广，让中国也发达富强。

　　二

　　詹天佑对先进事物的尊崇、对科学技术的认同，以及推广铁路的理想，相对当时的中国却是大大地超前了。

　　就在他考入耶鲁的半年前，上海刚刚上演了一出轰动中外的剧情。

　　1877年10月，清政府在自己的土地上，用28.5万两白银从英国人手里买回一条铁路，然后拆了。

　　原来两年前，上海的英国商人与美国公司、英国洋行联手，精心策划，以修筑一条寻常"马路"为名，骗取当地政府同意后，擅自建了一条大约14公里的铁路，名叫吴淞铁路，于1876年7月通车。这是中国大地上出现的第一条办理运营的铁路。

　　火车的轰鸣声震动了地方官，震动了朝廷，震动国家主权，也震动乡民的安全（出了人身事故），清政府不能答应，又得罪不起英国人。怎么办呢？研究了几回，交涉了几次，最后只有两个字，"买"和"拆"。其实在交涉中，清廷曾声明"收回自办"，当地商人也联名呈请买回铁路"继续办理"，然而，清政府还是在买回来后，坚决彻底地予以拆除。

早在 1865 年，在北京也有相似的剧情。英国商人杜兰德在宣武门外，沿着护城河修建了一条半公里长的小铁路，上面跑着一列小火车，目的是向中国人宣传火车的优越性，促使清政府同意引进铁路。那是"广告火车"，是中国最早出现的铁路雏形。不过，由于"京人诧为妖物"，清廷"殊甚骇怪"，不几日，小铁路就被紧急拆除了。

三

为什么铁路在中国命运多舛？因为有人反对。自从知道铁路，就有了如何看待铁路的问题，这也不奇怪，新生事物总有个被接受的过程，在火车刚刚产生时的英国也不例外。

但晚清朝野上上下下，从 19 世纪 60 年代到 80 年代，漫长的 20 多年里，一直在看，在争论，看的是铁路的"坏处"，争论到底要不要铁路。反对派中有皇帝的老师、户部尚书翁同龢；反对派的代表人物刘锡鸿，居然洋洋上奏七千言，陈述 25 条理由，拒绝铁路。

出现这种情况的原因当然很多，我觉得可以用两句话概括。

一是没有知识，无法接受。当时的中国没有经过工业革命的洗礼，又闭目塞听，对西方科学技术、大机器工业没有真实的了解。一些仇视"洋人"、盲目拒绝外国事物的顽固派和保守势力，把铁路、火车视为灾难与不祥之物。另外一些主张引进西方坚船利炮的洋务派和开明人士，最初也因火车的某些特性，比如穿过田野、占用农田、大冒煤烟、拆迁村庄庐墓、发出巨大声响等，持怀疑观望态度。

二是没有实力，无法驾驭。康雍乾盛世曾经给清朝带来特殊的荣耀，然而当封建专制和农业社会的惯性遇到工业文明，遭遇殖民扩张和帝国主义，原来那特殊的荣耀不仅没能发挥特殊的作用，反而演变成盲目自信，不思进取，不事强军，无知自大，时刻以天朝上国自居，结果被蔑视、被恐吓、被要挟、被打。

两次鸦片战争，清政府割地赔款丧权辱国。面对强敌不断侵占和攫取在华利益，听到英国人屡屡提出要在中国修铁路的建议，晚清统治者们自然多一分害怕和戒备。因为自己一无所知、一无所有，没有财力、能力、控制力，所以战战兢兢，避之唯恐不及，寻求畸形的安全感。

四

詹天佑回国的时候，1881年，刚好赶上一个非同寻常的铁路事件——唐胥铁路修建。

热心于洋务运动的唐廷枢、李鸿章等人，很久以来为唐山开平煤矿的煤炭怎样运出去而煞费脑筋。想修一条专用铁路，但是鉴于朝野上下对铁路的态度，不敢鲁莽说明，名称从"铁路""快车路"，到"硬路""马路"，几番周折，择机上奏。在获得批准后，由矿务局出资，快速建起一条从唐山到胥各庄的铁路，而且神奇地打造出中国第一台蒸汽机，即大名鼎鼎的"龙"号，也称"中国火箭"

号机车。（可惜后来找不到了，倒是唐胥铁路早期使用过的"0"
号机车因年代最长，成为中国铁道博物馆的一个镇馆之宝。）

尽管唐胥铁路是条煤矿专线，只有约 10 公里长；尽管英国人
担任工程师；尽管还曾传出"马拉火车"的怪事，但这毕竟是中国
出资修建的第一条铁路。

几年以后，詹天佑参与了中国铁路蹒跚起步的初创阶段。铁路，
在中国古老辽阔的大地上十分缓慢、曲折、艰难地延伸，到中日甲
午战争前，总共建成 400 多公里。

1895 年 4 月，历时 8 个月的中日甲午战争结束，中国惨败。
詹天佑在铁路工地上目睹了日本侵略军的凶残暴虐与中国人民蒙受
的灾难。特别是，与 10 年前中法马尾海战一样，他的好几位同学
都在战斗中悲壮阵亡。一个《马关条约》，清政府不仅向日方赔偿
巨额白银 2 亿两，割让台湾、澎湖列岛等，还允许外国人在中国投
资办厂……甲午战争加深了中国的半殖民地化和民族危机。

甲午战争是詹天佑心中的一个痛，也是所有中国人的一个痛。

清朝统治者们开始警醒，真正看到了差距，看到了落后就要挨
打，看到了没有实实在在的工业不行。光绪皇帝"下诏自强"，宣
布要"力行实政"，并把"修铁路"放在第一位。当时李鸿章因甲
午战争失利被革职，洋务派代表人物张之洞、刘坤一等先后上奏，
主张国家的当务之急、富强之本首推铁路。各地方官员也纷纷奏请
修建铁路。

于是，挣脱了数十年的束缚，铁路建设终于名正言顺地被提上议事日程。这让詹天佑看到希望，感到振奋，他给美国老师写信说：

我国政府深感铁路之重要……中国快要进入铁路时代了。

五

甲午战争以后中国修了很多铁路，不过，大都不是百分之百纯粹的中国铁路。

由于战争，国力衰弱财政困难，中国大部分铁路的路权被世界列强瓜分。比如俄、德、法、日等国出资修建并直接经营了东清铁路、胶济铁路、滇越铁路、安奉铁路等；又比如各国通过贷款入股、派工程师主持工程等，不同程度地控制着京汉铁路、关内外铁路（后来改称京奉铁路、京沈铁路）、粤汉铁路等一大批干线铁路。

那么，是什么原因让清政府有决心有能力，自己修建干线铁路？

1900年八国联军入侵，1901年《辛丑条约》签订，国家主权沦丧，经济损失严重，十一国列强强化在华势力，加强对华控制，中国人的民族自尊心受到极大伤害。而铁路权益的重要日益凸显，铁路利润巨大广为人知。中国各界投资铁路的积极性被激发，以乡绅商民为代表，以清政府因美国公司违反合同而欲收回粤汉铁路为契机，要求清政府收回出让给外国列强的路权，创立国内商办铁路公司，商民自筹资金修筑铁路，掀起了第一次"保路风潮"。

　　风潮涌动中，清政府出台《铁路简明章程》，允许民间资本修铁路。1903 年到 1907 年，有 15 个省先后创建铁路公司，筹资修建地方铁路，共有数百公里。然而，这些铁路是区域性的，基本上各自为政，标准不统一，质量欠佳，效益不高。

　　在这种形势下，在自主发展铁路的呼声中，在列强争夺铁路权益的缝隙里，在关内外铁路等外资入股运营后，除去成本和支付对外贷款的利息，仍然有所盈余，也就是仍有钱赚的情况下，清政府开始尝试自行筹资、自主修建中国的干线铁路。

## 几个重要人物

一

在博物馆，我停在那张薄薄的、淡黄的纸面前，思绪走了很远。

记得多年前，参加一个纪念活动，见到很多老同志，他们都是在京张铁路干了一辈子的人。有一位，古稀之年，精神矍铄，我和他一起参观。

他说："我们致敬詹公的时候，也应该记住那些好人，那位负责幼童留学的容闳先生；那位劝天佑的爸爸送儿子出国，提前许配了女儿的好朋友；那些热情接纳中国幼童，陪伴孩子们生活和成长的美国家庭。"

"您非常熟悉詹天佑的事啊。"我很佩服。旁边的人表示，老先生还为这次活动提供了资料。

"其实，也得感谢清政府作出派幼童出国这项英明的决定。"

老先生接着说。

清政府，还"英明"？年轻的我觉得这么说不大合适。

老先生有点激动，他说，不管史学家怎么评价清王朝的功过是非，不管清政府有多少错，这一项决定就是英明。

我当时没再说话。现在面对博物馆里的这张纸，我却想，派幼童出国留学如此，那任命詹天佑修京张铁路呢？

一个时代的政治、经济、文化背景不同，一个人的年龄、阅历、知识储备不同，关注点就会不同，看问题的角度也不同。有时候从细微处着眼，就有了新的发现，获得观察与思考的快感。这也是出入博物馆的魅力所在。

这张纸，百余字，盖着朱红的大印，落款时间为光绪三十一年四月二十一日。展柜中的说明是："清政府任命詹天佑为京张铁路总工程师兼会办札。"

它是札文，是朝廷旨意，相当于现在的任命书、人事令。我想，在漫长的封建和半殖民地半封建社会，很多朝廷公文如同鲁迅所言，细看之下写满了"吃人"，或者，在横竖撇捺之间葬送了祖宗留下的大好河山。

这张纸不一样，它因为自身的意义留了下来，在博物馆的灯光映照下引人注意。

透过这张纸，可以看到晚清的当权者慈禧、光绪，看到李鸿章、袁世凯，他们与中国铁路，与京张铁路，都有千丝万缕的联系。

二

慈禧是晚清的最高统治者。一个女人，没有过硬的娘家背景，没了丈夫，又没了儿子，在风雨飘摇中掌控中国政权长达 48 年。老百姓说她够精，够能，够勤，够狠。历史学者说她极其自私，却得益于那个腐朽的体制。

在最早要不要修铁路的争论中，慈禧太后一锤定音：先放一放吧。这一放，就是 20 年。后来，说不清她的思想是怎样转变的，但从三次坐火车的经历，可以窥见一斑。

1886 年，慈禧提出扩建西苑三海。西苑是皇家游览休闲之所，因位于皇宫西侧而得名，包含北海、中海、南海。

直隶总督李鸿章兼任海军会办大臣，奉旨负责扩建工程，他借此机会，以进献为名，在西苑建造一条小铁路，让慈禧太后亲身体验一下坐火车的感觉。这条铁路长约 3 华里，以中海北部仪鸾殿、瀛秀园、紫光阁一带为起点，以北海的镜清斋为终点。其中在两海之间必经的马路上设计了活动的铁路，用时安装，过后拆下来。此为有名的"西苑铁路""御用铁路"或"紫光阁铁路"。

1888 年小铁路建成后，李鸿章从法国定制的一台机车和六辆客车也辗转运来，它们材质光洁，陈设华美，精工制作。

慈禧太后偕同光绪皇帝和王公大臣们，每天乘坐小火车来往于仪鸾殿、勤政殿、镜清斋之间，上朝，用膳，再回寝宫，十分惬意。

札

京张铁路总工程司詹道天佑

札委事照得由京至张家口一带铁路业经委陈道
照常经办左案兹印派委詹道天佑充当京张铁路
继工程司董会办局务所有一切工程仰即会商经办除
道委为筹办以副委任除分行外合行札委札到该
道即便遵任此札

光绪三十一年四月
　　　　日

⊕ 清政府任命詹天佑为京张铁路总工程师兼会办札。

不过这个皇家铁路上的火车是没有"火"的，不烧煤，没有烟尘，也没有轰鸣声，始终就没用机车牵引，是宫内太监们分两排用黄绸牵拉而行。为什么这样？有人说是李鸿章细心体贴，有人说是慈禧的个人偏好，有人说考虑到皇城内苑的风水气脉，也有人说慈禧太后怕授人以柄，不愿得罪朝臣中坚决反对火车的顽固派。

这是慈禧和光绪第一次见到铁路。虽然比真正的铁路小很多，他们感受的主要是新奇和有趣，但是毕竟朝廷对铁路有了感性认识。当李鸿章、张之洞等提出或奏请修建津通、卢汉等铁路时，慈禧和光绪都欣然同意，甚至"毅然兴办"。只不过朝臣中仍有反对铁路的顽固派，加之内忧外患，"兴办"并不顺利。

1901年，庚子事变后《辛丑条约》达成，确定中国向德、法、俄、英、美、日等十一国赔偿四亿五千万两白银（即"庚子赔款"）之后，寄居西安的慈禧，便结束一年多的逃亡生涯，携光绪一行返回北京，所谓"两宫回銮"。本是出逃回来，结果变成了声势浩大的凯旋，这似乎与火车有关。因为"回銮"的最后一段，1902年1月，他们接受袁世凯的安排，从正定，经保定，乘火车进京。

火车是从比利时定制的。一个火车头拉着21个车厢，分为不同的等级和功能，承载了全体宫廷人员和陪同的王公大臣。太后、皇帝、皇后的特制车厢用华美考究的绸缎、地毯、狐皮坐垫、镶龙大镜装饰，有宝座和卧榻，极尽舒适。各位嫔妃的车厢设置了厚重的窗帘。

上车时，卫兵、人群、财宝辎重、接应随从，热闹非凡。在车上，妃嫔们很兴奋，厚厚的帘幕没有用，她们热衷于透过车窗打量外面的世界。慈禧兴致勃勃，亲自问询火车运行情况，核定到站时间，叮嘱行李货物装卸事宜，甚至过问王公大臣的坐席是否舒适。

抵达北京，各级官员和军队官兵几百人就地等候。列车缓缓进站，从车窗看到慈禧太后的面容，官员们立刻跪拜接迎，场面盛大，气氛热烈。

这是慈禧和光绪第一次乘坐真正的火车，这段铁路是外国人监造和管理的，她见到的铁路总管是"洋人"。不知道她是否记起浮华背后的耻辱，但她一定感慨铁路的快捷先进、准时便利、舒适尊荣。

伦敦的《泰晤士报》对当日之事进行了报道，说中国宫廷人员此次乘火车，会关系到将来国内铁路事业的兴起。

事实上，慈禧回到北京便任命袁世凯兼任督办关内外铁路事宜，胡燏棻会同办理，让他们根据条约，向英、俄交涉收回关内外铁路，并继续修至奉天（沈阳）。

1902 年 10 月，慈禧下懿旨，准备转过年去易县西陵祭祖谒陵，乘火车去，要修一条专线铁路。袁世凯十分重视这件事，他聘请老资格的英籍铁路专家金达担任总工程师，然而，法国驻华公使强烈抗议，列举各种理由，表示必须由法国工程师取而代之，多次交涉也无结果。

眼看工期紧张，袁世凯在无可奈何中想到自办，大胆起用詹天佑。4个月后，从河北新县高碑店到易县梁各庄的新易铁路，也叫西陵铁路，如期竣工。

1903年清明，慈禧、光绪等浩浩荡荡，乘火车沿京汉铁路南下，经高碑店转入新易铁路。车是精心打造，并用花卉装饰的专用列车，由16节车厢组成，外表漆成黄色，慈禧和光绪的车厢外还有龙的标志，是为"龙车"，也叫"花车"。车内仿照宫中布置了各种珍宝物品，奢华富丽，美轮美奂。

这是慈禧和光绪第一次主动安排乘火车出行。这条铁路虽不长，却是清政府有史以来，第一次没有"借外债""用洋匠"建成的。

国破山河在，城春草木深，感时花溅泪，恨别鸟惊心。诗人杜甫面对"安史之乱"中都城长安被叛军占领，曾发出爱国感慨。

此时的慈禧，纵然不爱国，面对曾经辉煌的祖宗，面对如今破碎的山河，面对即将到来的春天，也应该有旧恨新愁。"庚子事变"恍如昨日，"庚子赔款"触目惊心，她是不是在中国人修的这一段铁路上，且行且思，想到快一点推行"新政"？

有人比喻这个"龙车"是行驶中的"小朝廷"，那么这样的"小朝廷"终于驶出了封闭的宫墙，驶出了自娱自乐的"西苑"，驶出"洋人"的包围圈，走了一段自己的路。

在决定修建京张铁路的过程中，慈禧很快同意了袁世凯的奏请，并任袁世凯、胡燏棻督办京张铁路。对后续事宜，她也给予理解和支持。

詹天佑日记记载：

胡长官告知我，他于早晨被召见。他奏明皇太后，由于八月底前庄稼尚未收割，不能购买土地，因而在年底前不可能筑成这条铁路。对此，皇太后已经准许。他奏明京张铁路由于位于山区，需要开凿山洞，以致修筑费 500 万银两不够用，需要增加到 700 多万银两。她对此也批准了。

## 三

李鸿章是清末重臣，得曾国藩栽培，受慈禧器重。这位安徽合肥人，创建淮军、镇压太平天国、搞洋务运动、建北洋水师、签订晚清几乎所有丧权辱国的不平等条约。他最大的特点是穷尽一生，为了守住自己的功名而不辞辛苦，为了效忠封建王朝而含羞忍辱、背负骂名。

有人说他是十足的"卖国贼"，有人说他是民族落后的悲哀，还有人说"年少不懂李鸿章，如今方知真中堂"。不管怎么说，说到中国铁路，他是绕不过去的人物。

最初，李鸿章对铁路也颇有疑虑，主张"待承平数十年后"，"自行仿办"。但很快，他与驻守上海的英国人接触，目睹了"洋枪队"的威武，成为中国最早认识西方实力、创办近代工业的人。

当时，李鸿章给坐落在王府井东堂子胡同里的总理衙门写了一封信，其中大致意思是：

（国人）无事则讥笑外国的利器，是过于奇巧而无益的技艺与制品，认为不必学；有事则惊呼外国的利器为奇异多变的东西，认为不能学……中国若想自强，应该学习外国的武器……引进外国的制器之器，培养自己的制器之人。

后来，他和左宗棠、张之洞等封疆大吏，分别引进和学习西方科学技术，创建海军、船厂，创办枪炮制造、炼铁、织布等一大批军事和民用企业。他奏请朝廷创办的江南机器制造总局，成为清朝最大的军工企业、洋务运动的重要标志。

在清政府内部"要不要铁路"的马拉松辩论中，面对林林总总的保守意见，面对强硬的顽固派，李鸿章最先站出来加以反驳、解疑释惑，积极倡导修筑铁路。《中国近代铁路史资料》中，全文收录了李鸿章于1874年、1880年、1881年给皇上的有关奏折，以及和醇亲王奕譞谈论铁路的信函。其中对"中国需要铁路"进行了全面、系统、明确、有力的论述。

比如《妥筹铁路事宜折》，近四千字。先讲铁路起源于英国，获利甚多，扩展到工商诸务，雄长欧洲。欧、美两洲，六通四达，铁路至少有几十万里，各国日臻富强而莫能敌。即如日本，以区区小国，在其境内营造铁路，辄有藐视中国之心。处今日各国皆有铁路之时，而中国独无，犹如我们居住在中古时代之后，却放弃船和车，行动必然落后。后又列举铁路的九大好处。最后结合中国实际，提出了修建铁路的具体建议。

在"讲理"的同时，李鸿章也注重实践，借机行事、见缝插针地推进铁路发展。唐胥铁路意义非凡，主要得益于他的运作、协调、支持。"西苑铁路"是他一手操办。另外，他积极谋划唐胥铁路延展，推动关内外铁路（京奉铁路）的修建。在奏请朝廷的诸多事宜中，他也多次提到铁路。

虽然修建京张铁路的时候李鸿章已经去世，但除了宏观影响，也还有些间接的联系。

李鸿章就任直隶总督兼北洋通商事务大臣后，与曾国藩一起，接受中国留学生事业的先驱容闳先生之提议，联名上奏朝廷，请求选派聪颖子弟赴美留学，为官派留学之始。詹天佑就在这一年秋天到香港应试，考取了首批赴美留学中国幼童班。

1888 年 5 月，正在广东水陆师学堂供职的詹天佑，忽然接到一纸调令，要他到天津"中国铁路公司"报到。这是詹天佑人生道路的重大转折，他终于可以投身到梦寐以求的中国铁路事业中。

而"中国铁路公司"正是李鸿章在唐胥铁路的展筑中亲自策划、指导、组建的，其性质为官督商办，公司总办伍廷芳是李鸿章任命的。伍廷芳是李鸿章的幕僚，也是詹天佑的同乡，当他听了詹天佑同学（也是同乡）邝景阳的介绍，便向李鸿章汇报，聘任詹天佑到铁路公司工作。

四

李鸿章去世后，42岁的袁世凯接了班，就任直隶总督、北洋大臣兼关内外铁路大臣，成为晚清政府年轻的实力派。

大家都知道袁世凯，他建立了近代陆军，是北洋军阀的首领，在戊戌变法中有告密的行径。他借助革命形势做了中华民国大总统，又恢复帝制自己当皇帝，结果三个月后被迫退位，又三个月后忧惧而死。他身上有许多骂名，但他也曾积极推行"新政"。

《辛丑条约》签订之后，清廷痛定思痛，认为面对"三千年未有之变局"，要维护摇摇欲坠的统治，必须"整顿中法以行西法"，所以酝酿实施包含各方面内容的"新政"。

袁世凯早年驻守朝鲜，回来后在幕僚的帮助下接触了一些西方的思想和知识，也曾深受李鸿章与洋务运动的影响。在"新政"中，他编练新军、创建警察机构、支持工商企业、兴办新式教育，还偕同张之洞等上奏朝廷停止科举，废除了延续1300多年的科举考试制度。在袁世凯的心目中，铁路是"新政"的重要内容。

早在"两宫回銮"时，他作为直隶总督安排接驾工作，首先想到火车，不仅安排得意外完美，而且在世人的瞩目下，把清朝最高统治者与铁路联系在一起。

尔后，他抓住机会，直接组织自建了中国的两条铁路，新易西陵铁路和京张铁路。

新易西陵铁路完工时，袁世凯在给慈禧太后的奏折中对詹天佑颇有赞赏：

> ……臣查此项工程，前奉谕旨，本限六个月报竣，今仅四月即已完工。所需款项不过六十万两。况上年动土之始，正值隆冬，天气冰凝寒沍，营造尤属不易……

1905 年，袁世凯上奏朝廷，建议用关内外铁路的盈余"酌量提拨，开办京张铁路"，获得批准，遂成立京张铁路总局和工程局。

在英、俄两国觊觎修路的纷争中，袁世凯巧妙应对，利用双方要么由中国自己筹办，要么由他们承建，反正不能给第三方的口径，同时又有"中国人不可能修成此路"的侥幸心理，取得了中国人自建此路的权利。他又根据以往的经验和业内人士推荐，奏请任命詹天佑为总揽技术的总工程师兼会办（会办相当于副总经理）。在京张铁路开始修建时，袁世凯也在各方面鼎力创造条件。

他托付接管关内外铁路的经营高手梁如浩，与英国人周旋，力争在每笔增加的盈利中少还贷款，多留存京张铁路的资金；当詹天佑的预算显示资金缺口很大时，他一边调整上报计划，与詹天佑商议用京张铁路第一期运输盈利填补的办法，一边积极运作，多方筹款；当开工八个月，清廷突然又调詹天佑去广东筹办粤汉铁路时，他敢于说"不"，历数英、俄争相主持修路的企图，然后强调：

（京张铁路）经苦心规划，始得筹款自造，专用华员经理。詹天佑综合全工，乃该路必不可少之员，若遽令赴粤，一时无人接办，则该路即将中辍，与北方大局关系匪轻……

最终使皇上收回成议，"将詹天佑仍留办京张铁路，俟全路工竣再行赴粤"。

他支持詹天佑的人才准备计划，联系盛宣怀、梁如浩等人，在很短的时间内，将分布在各地的优秀工程技术人员、铁路学堂的毕业生，先后调到了京张铁路工地上。

在京张铁路修建过程中，袁世凯还曾呈上奏折，赞扬詹天佑"科学精深，名闻中外"，请求朝廷赐予进士出身。

京张铁路建成之日，恰逢袁世凯在慈禧、光绪去世后，被"开缺回籍养病"，于河南乡间隐居。

据说，詹天佑专门派人将一套京张铁路的照片送到袁世凯住处。居家落寞的袁世凯看到照片，感慨万千，提笔写道："八达岭工程既极艰巨……目想神游，至深倾服。"

五

毫无疑问，对于很多事情，决策很重要。决策重要，自然决策者也重要。所以我理解了多年前那位老先生的感慨。现在，我对当年有人决定修铁路、修京张铁路、让詹天佑修京张铁路，也很感慨。

当然，无论何时，决策者也只是重要人物中的几个，不是全部；决策也只是重要因素的一部分，不是全部。

因为每件事都是一个综合体，由一个又一个的人、一连串的必然和偶然组成。每个人都可能在某个时间、某个地点、某个看似无足轻重其实很重要的关口发挥作用，成为重要人物。正如老先生提到的容闳，提到的詹天佑父亲的朋友，提到的那些美国家庭中善良的人们，哪一个环节出了问题，事情都可能是另一个样子。

在中共张家口市委宣传部和网信办组织的"奇迹京张筑梦百年——我与京张铁路那些难忘的故事"征集活动中，史成琪讲述了祖父史文的故事。

史文，作为当年京张铁路筑路大军的一员，住的是进风漏雨的窝棚，吃的是有沙子的小米饭和盐水腌白菜，干活的工具就是镐、锹、锤、小推车，开山时只有少量炸药。但是他和工友们知道这是中国人的铁路，这个铁路不简单，大家齐心用力，都想越快越好地修成这条路。我想，史文和他的工友们也很重要。

一张京张铁路图，一张纸的任命书，能够落地生根，长成参天大树，一定需要无数人的努力。

所以必须感谢无数的人。他们无论身居何位，都忠于职守，做好了自己。

## 为何选张家口

一

京张铁路自然是从北京到张家口，但并非无疑，很多人问，当初为何选张家口？

北京正热的时候，我来到张家口。那是静谧的午后，汽车沿着河走，青草茵茵，树影婆娑，山远远的，河水宽，碧云天，岁月恬淡。一个个路牌闪过，滨河南路、滨河中路、滨河北路，这在很多城市十分常见，而我却觉得那些三点水，一滴一滴，沁人心脾。

清水河，从张家口穿城而过，是这里的母亲河。可是，曾经的她是那么尴尬，那么粗粝而脆弱，那么羞赧地袒露着自己。30多年前，我在河边走，河里是没有水的，宽大的河床里分布着嶙峋的石头。而每遇暴雨，黄褐色的山洪汹涌而来，夹砂滚石，劣迹斑斑。

水母宫是人们对水的寄托，当年我去过，人们在那里祈盼清清的水、长流的河。

如今这一河之水并非水母宫的恩惠，是全市动员，用七年时间进行水利生态治理，并重引水源，才圆了山城一个水的梦。不过沿河而上，我发现张家口的发展还是和水母宫有缘。

张家口的公交车好，人不很多，便宜方便。从公交车下来，没走几步就看见水母宫的牌楼。穿过牌楼，是一条长长的柏油路，几乎没人，也没有水母宫的踪影。

看见一位儒雅悠闲的长者，便上去问路。他告诉我，一直往前，右手边有个小广场，转进去就是了。

"这地方我以前来过，变样了。"

"来过还来？真是好兴致。看这天阴的，快下雨了。"

我说我从北京来。他说他住附近，趁着天不晒去逮几只蝈蝈。

我说我喜欢京张铁路，正在琢磨清朝末期修铁路，为什么跨长城、越燕山，那么难，选择了张家口。

这位长者嗓门忽然高起来："这可说来话长了。铁路好啊，我们家原来就住铁道边儿，退休后才搬这儿来。"他转过脸，算是真正打了个照面："这么和你说吧，当年，就是水母宫、堡子里、大境门引来了铁路，然后铁路又带来了现在的张家口！"

他不逮蝈蝈了，愿意陪我去水母宫，边走边聊。

二

水母宫坐落在张家口西北的卧云山上，是一组小巧玲珑的建筑，依山傍树，古意扶疏，水母娘娘慈眉善目，端坐于上，俯瞰一脉清泉涓涓流淌。

逮蝈蝈长者说，以前这儿可不是这样，虽然他没见过，但是他知道。早年间，泉水奔涌，河水丰沛，两岸皮货原料堆积，整个山川弥漫着水的气味、羊皮的气味、商业的气味。

从明末清初开始，张家口就是长城内外、中俄贸易的"陆路商埠"、重要口岸，说白了就是大自由市场。大批的皮毛、牲畜从蒙古高原和俄罗斯运过来，通过张家口运到内地。张家口则以皮毛为原料进行加工，再把加工好的皮毛制品卖出去。

大量的毛皮鞣制需要充足的优质水，人们发现卧云山的泉水就是这样的水。这里水源充足，甘甜清冽，浸泡过的毛皮洁白漂亮。于是，皮货商们纷纷接引泉水泡洗皮革，获得丰厚利润。乾隆四十七年（公元1782年），商人们感恩水母慈悲、神泉赐福，集资修建了水母宫。直到清末，商旅往来，香火不绝。

1900年以后，外国人开始在当地开商行，"皮毛作坊鳞次栉比，制皮工人数以万计"，张家口皮毛的影响进一步扩大。皮裘、皮衣、皮帽、皮靴、皮带等制品，不仅畅销京、津、沪等地，而且远销欧美各国。张家口被誉为"塞外皮都"。

说着话，一场小雨倏忽而至，我们顺石阶而下，一边避雨，一边还参观了山下的冯玉祥故居和吉鸿昌纪念馆。

与逮蝈蝈长者道别时，他嘱咐我一定要去堡子里和大境门看看，"也许看不出什么了，但看了还是不一样，"他说，"反正你弄明白它们，就知道我说的没错。"

肯定没错。因为有朋友送我一套张家口历史文化丛书，我看过。当年张家口不只是"皮都"，还是很多商品的集散地。堡子里和大境门不仅是"皮都"的载体，还是张家口的"根"，是发源地。

三

张家口堡，俗称堡子里，在市中心，是张家口城区最早的雏形。这个近600年前的城堡，是明代长城上的一个要塞，随着不断扩大和完善，终于虎踞龙盘，雄冠北部边防，在阻止蒙古部族的进犯中独当一面，享有"武城"之称。由此可见，张家口是从长城而来，作为军事要塞诞生的。

堡子里最早不过是军营，后来陆续建造了人们需要的寺庙、民居、街市、官邸。有意思的是，那条最早的街道，以"武城"命名，叫武城街，一直延续到现在，多少年来，作为张家口的商业老街，南来北往，熙熙攘攘。我去的时候，说街道要改造，一家家店铺都把东西搬到街上来，长长窄窄的街巷琳琅满目，人声起伏，好不热闹。嗯，这武文化与商文化结合得真好。

在武城街的一个巷口转弯，就到了堡子里。标志性的牌楼上写着"张家口堡"，走到里边一下子变安静了。这是一片很大的区域。有介绍说，此堡存有700多处文物古迹，几十个重点院落，可谓"明清建筑博物馆"。看得出，很多古建筑经过了整修，红门红柱红灯笼，石狮石板石台阶。老屋上的砖雕还在，旧楼阁结构独特，宽街窄巷，纵横交错。走到深处，也有一些貌似民居的老院子没有整修，沧桑满目。

很多房屋上都有木制的标牌，上面用中英文标着：俄国立昌洋行旧址、大美玉商号、定将军府、满洲中央银行张家口支行旧址……每个街头巷口都统一布置了大小图标，有《张家口堡游览示意图》，有标着文昌阁、玉皇阁、关帝庙、财神庙、抢才书院、小北门等各自方位和距离的指路牌。

遗憾的是，可能因为天色将晚，很多院门、屋门都是关着的，没法进去参观。

史料显示，1571年，明朝决定与蒙古部族化干戈为玉帛，准许人们在张家口的长城外面（靠近后来的大境门），每年举行一次"茶马互市"交换物品，这使得张家口堡由单纯的军事要塞变成兼有贸易功能的边塞小城。

后来随着"北方丝绸之路"——张库大道日渐兴盛，堡子里与大境门相呼应，商业贸易几乎取代军事功能。鼎盛时各种商号多达上千家，最高年贸易额有1.5亿两白银，相当于60多亿元人民币。

及至京张铁路开通，又延展成京绥铁路，张家口真正成为京畿和内地通往大西北的运输枢纽，成了进一步对外开放的大商埠。中外商贾聚集在这里，山西商人是主力，他们投入巨额资金，建筑了数以百计的深宅大院、寺庙楼阁。

清末至民国，张家口堡修建洋行、钱庄和票号，有大名鼎鼎的中国银行、交通银行、复兴成银号；欲源生钱庄、欲源永钱庄；宏盛票号、恒北票号，等等。一幢幢西洋、东洋与中国明清风格结合的建筑，一个个晋商的高墙大屋和它们的主人以及主人的根据地一起，构建和控制了张家口的金融，影响着那个时期的中国经济。

四

大境门的历史比张家口堡晚 100 年，但因为长城和张库大道，它显得更为重要。

大境门首先属于长城。在张家口北面的山上蜿蜒着明长城，长城在山谷间的关隘即为大境门。专家说过，长城沿线有上千个关隘，没有一处称"门"，可见大境门的独特。

大境门与张库大道密不可分。

自明朝开始，因"茶马互市"，蒙古族兄弟们带着他们的宝贝千里迢迢来到张家口换取生活用品，而内地的商人也驾驭骆驼、牛车、马车不辞辛苦地去蒙古大草原、俄国边境做买卖。久而久之，人们走出了一条漫长的商道——张库大道。它一头是张家口，另一头是库伦（今蒙古国乌兰巴托市），都是指定的互市交易之地。再延伸，可辐射到俄国边境的恰克图。

马克思在他的著作《资本的流通过程》中记述过张库大道：

> 俄国和中国的茶叶贸易可能是 1792 年开始的……茶叶陆续由陆路用骆驼和牛车运抵边塞长城上的张家口（或口外）……再从那里经过草原或沙漠、大戈壁，越过 1282 俄里到达恰克图。

实际上，清军入关前就发现张家口是一个贸易的好地方，多次派人从东北到张家口采办军需物资。入主中原后，清朝改变了防御策略，依托长城，让中原与北方游牧民族进一步沟通交流。顺治初年，在张家口的长城上开了一个大境门。

于是，大境门成为张库大道名副其实的起点。

张库大道日夜回响着驼铃、牛铃的叮咚声，运送茶叶、布匹、牲畜、皮张、药材，以及谷物等各色物品。这条道路充满了血泪艰辛和传奇辉煌，是商人们的痛楚也是他们的财富，是民族团结的纽带，也是中国对外交往的途径。

奔走在这条大道上的，不只是张家口人，更多的来自山西。余秋雨先生在《抱愧山西》中讲到，山西平遥、祁县、太谷一带，人多而田少，所以，他们要跋涉数千里出外谋生。而跋涉的首选就是"走西口"。他们知道"口"外的驻军、垦荒者、游牧人，都需要大量的生活用品；塞北的毛皮又吸引着内地的贵胄之家；商事往返还会衍生旅舍、客店、饭庄……

自明代"承包军需"和"茶马互市"以后，特别是从清前期开始，"走西口"的队伍越来越大，也越来越走出了富裕，以至于我们听熟了那首"哥哥你走西口，小妹妹我实在难留……"的民歌。

"西口"泛指山西、陕西、河北长城以北的很多"口"，晋商、陕商、河北商人出入那里，进行交易。在他们中，一定有很多人到过张家口，进出大境门。

原来我看大境门和许多人一样，感觉它不够雄伟，不够威严，甚至修得匆忙简单。现在我明白，唯其如此，才给千百年修长城的历史画上句号。在这个句号里，蕴含了中华民族终结争战、繁荣经济、和平安宁的愿望。唯其如此，大境门上才有"大好河山"的赞叹，附近的石崖上才生出"内外一统"的憧憬。

去过大境门的人都知道，有段长城特别陡峻，毕竟是兵家必争之地，踞天然之要冲，扼边关之咽喉。它曾抵御北方部族南侵；曾迎送康熙帝率兵出征，平定叛乱；曾留下中国人民解放军第二次解放张家口的历史镜头；它曾见证冯玉祥、吉鸿昌等爱国将领在共产党的影响和领导下，成立察哈尔民众抗日同盟军，收复察东失地，鼓舞全国士气；它曾见证中国共产党领导八路军从日本侵略者手中夺取第一座大城市，晋察冀党政军机关、华北联合大学、文化艺术工作者齐聚此地，张家口被冠以"第二延安""文化城"的美誉。

我在大境门，正赶上北京冬奥会奥组委、河北省政府和中国文

⊕ 因为长城和张库大道，大境门显得更为重要。摄影 / 邓幼明

联联合主办"全民健身、唱响冬奥"2019年度主题系列活动启动仪式。站在宽阔的广场上，置身喜悦的人群，我想，大境门见证过历史，而"大好河山"将见证未来。

五

中国铁道博物馆李春冀馆长介绍，早在19世纪末，俄国就曾提出修筑恰克图经库伦、张家口到北京的铁路。随后几年，又有中国商人李明和、李春相、张锡玉等相继托人奏请朝廷，想要招集股银修建商办京张铁路。

对于这些提议，清政府没有犹豫，一律驳回。因为这条路非同一般，既不想让俄国人修，也担心外国资金会通过商办铁路介入，铁路仍然被外国人所控。

张家口是北京通往北方和西北的交通枢纽、战略要地，也是当时经济繁荣之地。当清政府下决心自筹资金修一条官办的干线铁路时，一定有军事的、政治的考虑，也一定了解张家口的"商埠"价值和经济效益。

选择张家口不足为奇，那是明智的选择，也是历史的选择。

## 降大任于斯人

一

詹天佑接到京张铁路总工程师兼会办的任命时，距离他学成回国已经过去了 24 年。

虽说时值壮年，但对于大清国当时唯一的名牌大学铁路专业毕业生来说，这 24 年实在不算短。

青丝开始染霜，风华正茂的青年已经为人夫、为人父。这个热爱铁路的专业人才，当初归来竟被派往福州船政局学堂，做一名学员学习海军轮船驾驶。

当初，留学回来并不受欢迎。詹天佑和他的同学们，感受到社会的质疑、官场的冷淡、保守势力的鄙视。这些接受了科学知识、认识了外面世界、有思想有热情的年轻人，在专制愚昧、黑暗腐败中承受着巨大的压力。有人返回美国，继续求学、就业；有人适应

⊕ 部分留学生归国后的留影（后排右起第二人为詹天佑）。

环境，接受封建官场熏染。

大多数"中国幼童"不忘使命。他们虽然被迫提前回国，但已在各类大学接触到先进的知识和技术，他们努力用自己所学报效祖国，在后来的铁路、电报、矿业、海军、教育、外交、政治等领域，做出了重要贡献。

二

孟子说过，天将降大任于斯人也，必先苦其心志，劳其筋骨……的确，历史上很多了不起的人，以及有所突破有所创造有所贡献的人，大多经历过旁人的误解、非常的磨难，最终得以成功或者接近成功。这算得上一条规律。

规律与时代有关。"天将降"说的是时间，山雨欲来风满楼，时代左右命运，发展提供机遇，社会变革的巨人需要厚重成熟的肩膀。

詹天佑回国的时候，必定是没有用武之地的。前面说过，中国铁路在李鸿章的变通中刚刚起步，蹒跚踟蹰，并没有得到朝廷上下的公开认可。一条唐胥铁路，颇多曲折，其他铁路建设遥远而渺茫。他纵有热忱，纵有抱负，哪里去施展？

规律与人有关。"斯人"一定是经过实践、积累、磨炼，经验丰富，能力够强，堪当重任的人。青葱绿树需得长成栋梁之材。

詹天佑24年初心不改，练就一身真本领。

　　他"补习"海军课程，在"扬武"号兵舰上做实习船员；他加强野外训练，全面提升自己的能力水平；他以优异的业绩打破了洋员任教的惯例，在福州船厂的海军学堂讲课，又被调往广州黄埔实学馆，即后来的广东水陆师学堂担任教员；他参与广东海图测绘工作，完成了我国第一幅详细的全省沿海测绘图。七年蹉跎岁月，他在等待中打磨自己。

　　终于，他接到"中国铁路公司"的聘任，开启铁路人生。

　　虽然，好心人殷殷相告："铁路一事，在我大清国才刚起步，很难说是好是坏，如非李大人主其事，其他人也难以承担责任。故你要有思想准备，可能会有不少难处。"

　　虽然，学非所用大有人在。他已经在家门口工作，受张之洞的器重，守着父母双亲，享受老婆孩子热炕头，可谓安逸幸福。

　　但詹天佑确信，国家纵横万里没有不修铁路的道理，自己学以致用、为国筑路才是正经。他认为，临渊羡鱼不如退而结网。一个人、一个国家、一个民族，羡慕和嫉妒别人都改变不了现状，凭一时激奋生气和骂人，也赶超不了先进。只有靠知识和技术，靠扎实苦干，才能追上去，才能翻身。

　　他最初的职名是"帮工程师"，给英国工程师做助手。他虚心学习，多观察，勤琢磨，先后参与了天津到塘沽的津沽铁路、从唐山向关外延伸的关内外铁路、天津到卢沟桥的津卢铁路，以及营口支线铁路、萍醴铁路、潮汕铁路、沪宁铁路建设。

⊕ 滦河大桥始建于 1894 年，修建滦河大桥使詹天佑脱颖而出。

规律还与开创性的事业有关。"大任"多是破旧立新之事、富有创造性的事，是前人没有做过、一般人做不了的事。把这样的事交给一个人，需要足够的信任。

詹天佑凭借他的不退缩、不放弃、扎实努力，赢取这样的信任。

修建滦河大桥使他脱颖而出。在关内外铁路修建中，滦河大桥成了卡脖子工程。滦河是一条季节性河流，河谷深、坡岸陡、水流落差大、河底常有厚厚的积沙。大桥由英国工程师柯克斯包工承建，他干劲十足地开工却出师不利。时值春暖，冰雪融化，河水上涨，水流湍急，打桩遇到棘手的困难，施工很久没有进展。于是，英国人请日本人来帮忙，又找德国工程师，结果都不行，桥墩迟迟无法完成。

在不得已的情况下，让詹天佑试试。詹天佑认真分析了外国工程师已经用过的打桩方法，总结他们失败的教训，然后深入现场，与工人们一起沿河调查，仔细研究地质构造，缜密测量数据，采用"气压沉箱法"施工。1894年初，16座桥墩拔地而起，670米长的滦河铁路大桥横跨河上，是当时全国最长的铁路桥。

英国土木工程师学会知道了这件事，当年选举詹天佑入会。詹天佑是这个著名学会的第一位中国工程师。

前边提到的新易西陵铁路，是詹天佑的又一个杰作。1902年深冬，他仓促受命修建慈禧亲往清西陵祭祀的专用铁路。同时接受的，还有两个要求：一是限6个月完成，二是限费用不超过60万两白银。

如果用新钢轨，价格贵、需进口、时间太长，就从其他铁路借用旧钢轨；既然是专线专车，载重量小，就因地制宜，把大大小小37座桥建成临时便桥，先通车后加固；枕木不够，就在不影响线路稳定的情况下拉大枕木间的距离；正常铺轨需要等路基的泥土由松变硬，就打破常规，边堆土边夯压，路基一成，随即铺轨。如此下来，省了时间省了钱，还保证了工程质量。

这条铁路虽然只有42公里，虽然无奈是皇家祭祖的专线，却是独立的铁路工程。从原始勘测到通车试行，一系列繁琐而严谨的环节，詹天佑都亲自负责，为他日后主持修建京张铁路打下了基础。

关于修建新易西陵铁路被认可，还有一个历史见证者，不是哪个人，而是詹天佑纪念馆里精美的小座钟。

慈禧认为这条铁路不仅如期完成，而且平稳舒适，很是满意。她将车厢内陈设的珍宝物品奖励给詹天佑。詹天佑只拿了一个小座钟，其余的都分发给火车司机和施工人员。

那个小座钟是景泰蓝的。我猜詹天佑信手拈来，不是因为它精美好看，而是因为它代表着铁路人安全正点的时间观念。当然，宫廷的钟表也有来历，算是一种纪念。

清朝康熙年间在宫内设立"做钟处"，至乾隆以后，从维修西洋钟表到制造自己的钟表，逐步发展，渐成规模。西洋钟表最早出现在中国是明朝万历时期，后来成为帝王们喜爱的藏品。

现在，我们去故宫博物院奉先殿的钟表馆，可以看见 18 世纪中外制造的各式钟表，120 余件。

三

如果你认为，有了那"规律"，有了那些经历和业绩，詹天佑就顺理成章地被任命修建京张铁路，那你就错了。认可，信任，好像都还不够……詹天佑得到那一纸任命，并非毫无悬念。

詹天佑曾经写信给远在国外做驻美公使的同学梁诚说：

> 我并没有你想象的那样幸运……如果不是由于英、俄两国的压迫，以致使这条铁路不由这两国修筑就需由中国工程司修筑的话，则目前的职务就不会给我。

的确，当时在自筹资金修官办铁路、选择张家口等方面，朝廷上下都达成一致，没有问题。但由谁来负责修，却是个大问题。

京张铁路的资金来源于从关内外铁路运营中提取的盈利，虽然这部分还贷后剩余的盈利是大清国的，但英国人说，关内外铁路是英国提供的贷款，按照合同必须由英国人担任总工程师，而京张铁路是关内外铁路向西北的延长线，所以京张铁路也应该由英国人来负责。

袁世凯起初对聘用英国人任总工程师并未持反对意见。1904年底，英籍专家金达亲自带人到京张沿线进行了勘测。

这在当时也很正常。詹天佑纪念馆有一块斑驳的古铜色墙壁，上面写道：

在1876年中国出现第一条铁路之后的很长时间里，中国境内绝大部分铁路都由外国控制。各铁路总工程师都由外国工程技术人员担任。

墙上还有一览表，显示了清末外国人主持修建中国铁路的情况。从1880到1908年，17条（项）铁路（工程）的总工程师，都是外国人，他们来自英国、法国、美国、德国、日本、比利时等。

中国工程技术人员还没有独立承担干线铁路的先例和经验。

没想到的是，清政府聘用英国人任总工程师的计划传到俄国人的耳朵里，俄国强烈抗议。很久以来，俄国政府将中国长城以北地区视做自己的势力范围，不容他国染指，要修铁路，必须由俄国来办。

英、俄两国各执一词，鹬蚌相争互不相让。最终，经袁世凯建议，清政府提出：

京张铁路作为中国筹款自造之路，亦不用洋工程师经理，自与他国不相干涉。

英、俄两国暂无异议，他们觉得只要不让对方承办就是第一轮胜利。至于第二轮，反正中国人修不了这条路，自己还有机会。

这时候，从熟悉詹天佑的同学同事，从袁世凯，到首席军机大臣、外务部总理、庆亲王奕劻，再到清廷最高统治者慈禧、光绪，都认为詹天佑是京张铁路总工程师的唯一人选。

1905 年 5 月，清政府任命陈昭常为京张铁路局总办，詹天佑任总工程师兼会办。1907 年，陈昭常调离，詹天佑升任京张铁路总办兼总工程师。总办就是总经理，詹天佑不仅负责工程技术，而且主持全路修建运营的所有事宜。

四

詹天佑是在返回北京的勘测途中接到任命的，他心里踏实了。

因为一个月前，他只接到委派他勘测拟修筑京张铁路的文书，这条铁路到底修不修，由谁来修，都还不一定。更何况沿途碰到英国工程师又在勘测，一切都充满变数。

詹天佑很看重这一纸任命，他不仅小心收好，还抄录下来。重要的不是官职，而是终于可以放开手脚为祖国修建心仪的铁路了。

他知道肩上责任重大，只能成功不能失败。他给老师写信说：

如果工程失败，不但是我的不幸，中国工程师的不幸，同时会带给中国很大损失。

他也知道这一张纸的世俗作用，他对助手说："这回咱们和各地官府打交道、议事情，就方便多了！"

在以后的岁月里，詹天佑接到过很多任命。在博物馆，与那张薄薄的、淡黄的纸离得不远，就有一张"任命状"，任命詹天佑为交通部首任"技监"，掌管与监督全国交通建设与运营中的技术标准。

那也是一张纸的光荣，也被詹天佑看重。也因为这张纸，詹天佑做了很多事情。

第二章

青龙桥边

元代郭守敬在北京延庆修筑水渠，建单孔石拱桥，曰青龙桥。

知名的青龙桥有很多，云南的，福建的，贵州的，江苏的，不一而足。北京延庆的这一个太小了，名不见经传。

然而，当命运将它与一座车站、一个人、一条铁路联系在一起，它就名闻遐迩，独一无二了。

## 有一个小站

一

到青龙桥站不大方便。曾经几番换乘，坐上 S2 线，结果到了青龙桥不能下车。到了八达岭车站，工作人员说要去你就从这儿走过去吧，不过挺远的。

下一次开车去，把车停在站外，然后顺着铁道转过山脚，再经过一片绿树遮掩的平房，终于看见小站。

站房为五开间单层砖木结构，悬山屋顶，顶上一圈雉堞式女儿墙有点像长城的垛口。

整体建筑近似正方形。正面当中是三个大大的拱券门洞，两边对称，左右各一开间为窗户。侧面有四个开间的样子，设窗和小门。站房的前一部分是候车区，中间是售票房、站长室等，最后为厨房和小天井。窗户的上方加了拱券装饰，窗台由整块的花岗岩做成，

摄影 / 王明柱

有格子的玻璃窗，外面又加了两扇木制的百叶，关闭时很是端庄，打开来典雅漂亮。

站房外墙几经变化，清水砖上加了装饰性涂层，整体基调为灰色兼有白色线条。而门窗拱券、房屋装饰线、女儿墙顶端，还有站匾的边缘，曾有一抹传统的丹红，浓重淡定，艺术感自然呈现。

二

20 世纪七八十年代，青龙桥站是京包线上最大的亮点，列车至此，到了"之"字线，也就是大家常说的"人"字线的顶端，车改方向，列车停靠时间长。此时，几乎所有的旅客都会下车，有相机的必须拿着，去看站台上的詹天佑。

大家都在课本里学过詹天佑的事迹，课文的末尾说：现在我们乘火车去八达岭，过青龙桥车站可以看到一座铜像，那就是詹天佑的塑像。

我看过塑像，不止一回。但是，那时并没有注意塑像所在的车站怎样美好。没想到几十年后的今天，它美得让人惦念。

最初唤醒美感得益于一次参观。2017 年秋，我随全国铁路作协培训班的作家们，到中国铁道博物馆东郊馆，去看那些排列有序的火车。结果赶上一个小型专题图片展，没别的，都是京张铁路开通时沿线的各个车站。

照片上的青龙桥站背靠大山，山高围合，站小精巧，站房简单却不简陋，朴实却不呆板，不阔大也不单薄，有一种说不清的风格。听介绍，当年全线有 12 座同等小站，现在站房或拆或改，只有青龙桥站基本没变，保留得最完好。

这让我好奇。不仅实地去看，而且特别关注谁又去了小站，谁在朋友圈晒图，谁转发了新一季小站的消息。时间久了，我发现小站有一批忠实的粉丝，名副其实的"铁粉"。他们是摄影家、铁路摄影爱好者，他们像对待心上人那样，一往情深，不辞辛苦。他们蹲守花海中的小站、枫叶里的小站、和谐号动车组驶入的小站，绿皮火车留下背影的小站……多种多样的图片，多种多样的记录，

多种多样的叙述，我都喜欢。

喜欢万绿丛中一点红。那是在对面山上拍摄的：峰峦绵延，郁郁满眼，八达岭长城肆意盘旋，有一段，忽然探下身来，触及小站；大山的夹缝里，万绿簇拥中，是站房的悬山屋顶，它们全部涂成了明亮的橘红；有一列火车缓缓走着，似荏苒的时光在山谷里悠悠流淌，绿色的内燃机快要驶出画面了，长长的车厢还恋恋不舍地牵着站房。

喜欢山坡上的动感。大概拍于冬日的午后，光线暗下来，轨道上光影斑驳。一列火车忽然从山弯处转过来，车头满面风尘，三个大灯却亮亮的，像睁大的眼睛，面对"人"字形线路明显的下坡，它谨慎、克制、沉稳。

喜欢祥和宁静。大雪压松枝，从一棵树的角度远远望过去，小站微微侧着脸，静坐在雪野之上，站台被厚厚的白雪覆盖了，背后是画屏一样的山峰，长城横亘天际。最动人的是灯光，一扇窗亮着，天窗亮着，三个大大的拱券门也亮着，映亮了整个站台。最初的拱券门洞已经加装了木质大门，门上有格子玻璃。

灯光让人遐想，想起当年詹天佑租住山里民居，没有电，油灯如豆，他和助手们整理白天的数据，确定明天的进度，一遍遍描绘那个漂亮的蓝图。毛主席说，星星之火，可以燎原。詹天佑的如豆之光也是有生命力的，那时候，它一闪一闪地跳动着希望，照亮了京张，照亮了铁路，也照亮了中国。

三

因为喜欢，所以再来。跨过铁道的时候，迎面碰见《北京铁道报》的记者，背着"长枪短炮"。

"来拍火车的，最后一趟长途车刚过去，以后就只剩 S2 线了。"他们说。

"是吗，怎么回事？"一见站长我就问。

站台西面立着一个精致的纪念柱，柱上标刻了经纬度，表明此处是"万里长城与京张铁路青龙桥站线路的交汇点"。站长就在这个交汇点给我们讲车站的变迁。

小站 1908 年落成，京张铁路开通后，凡是乘火车游览八达岭的人，都从这里上下车。后来随着八达岭长城景区扩大、京张铁路修建复线，1979 年，在离景区更近的地方增设了八达岭车站。2008 年 8 月，北京城区到八达岭和延庆的城郊 S2 线开通，青龙桥的客运业务全部改由八达岭站承担。

在差不多半个世纪里，从北京开往张家口方向的长途列车，包括去大同、呼和浩特、包头的，都必经青龙桥站，在这里爬坡折返。后来丰沙铁路建成，先是运煤，建了双线便开始分担老京张的客运压力，有些列车就不再经过青龙桥站。旅客买票时选择的车次不同，可能走丰沙线，也可能仍然走八达岭，过青龙桥。

由于丰沙线避开了大坡道，运输效率有提升空间，较早地进行了电气化改造，所以它最终承载了原来张家口乃至西北方向的绝大部分客运列车，只剩下个别的长途车在这里经过，做技术性停车。

当天早晨8点55分送走的K1596次列车，乌海西至昌平北的，是最后一趟。以后就没有途经青龙桥站的长途车了。

站长说，这是好事，说明铁路不断发展。赶明儿高铁修好了，S2线的车可能也要减少。

"可是……S2线穿行山中，能看风景……"有人插话，声音不大。

"不同的车站有不同的功能。前不久，青龙桥站入选了第一批中国工业遗产保护名录。"站长接着说，颇有几分自豪。

"遗产保护？是不是以后不能随便来了？"

"赶明儿S2线可以开旅游专列，走关沟，走人字线，能在青龙桥站下车。"

"对呀，像游轮似的，固定地点、固定时间，停车参观。"

"车上配讲解，讲京张铁路，讲长城，讲八达岭。有美景，有历史，有文化，多好啊。"

"就用绿皮火车，最好还是蒸汽机！保准国内外的人都喜欢。"

大家热心地讨论起来。这让我想起瑞士，那些登上世界杂志封面的旅游列车专线，它们纵横交错，活跃在阿尔卑斯山。有世界倾斜度最大的齿轨铁路；有世界文化遗产级别的火车之旅；有通行百年的冰川快车；有欧洲第一条高山铁路，至今跑着古老的蒸汽火车；还有巧克力专线、奶酪专线、葡萄园专线……

四

詹天佑铜像按 1 ：1 的比例塑造，高高地矗立在基座上，与旁边的纪念碑亭并排，位于站台中央。

铜像生动逼真，原有的黄铜之上漆了一层黑色，风吹日晒，泛出隐隐的绿意，让人嗅到金属和山野的气息。仰望铜像，有人说詹公似乎刚去工地解决了问题，有人说那是他参加完通车典礼，正思考铁路下一步的轨迹。冰心在《青龙桥站》里揣测，詹公是"在沉静地眺望欣赏着自己劳瘁的工作"。

碑亭内是"大总统颁给之碑"，碑文为当时大总统徐世昌所写。碑首上还特别注明：

汉粤川铁路同仁，中华工程师学会及京绥铁路同仁会呈请政府为詹公天佑建祠立像，以为后世楷模。

站长给大家讲铜像的诞生年代、落成时揭幕的盛况，还有铜像铸造人"大梦"之谜以及谜底的揭示，还有百年风雨中，铜像背后的故事。

有知情的参观者，询问铜像受损的事情。

站长说，是有过损伤，那是在特殊时期，特殊情况下，但是按照上级要求，专门成立了工作组，协调有关专家、工厂、机务段、建筑段、铁科院等，研究设计方案，配制相同材料，最终由北京车辆段的师傅们完成了修复。

⊕ 冰心在《青龙桥站》里揣测，詹公是"在沉静地眺望欣赏着自己劳瘁的工作"。摄影 / 王明柱

铜像往东，是站房。站长带着我们一边走一边欣赏小站特有的细节：苏州码子石碑、人工道岔、用机车内热管焊接的黑铁护栏；建筑上的中西方元素、候车室男女分设的用意、搏风板上的太极图、贴心的百年挂钩、窗台下面的防雨水槽；还有一段被蒸汽机制动时喷汽染红的站台、一截由 1905 年钢轨与一个铁锤组成的"广播铃"、一个朴素端庄的小展室。

最后，站长停在站房前，指着上面立着的石质牌匾，说："大家看看这个站名匾吧，它可不简单。"

是百年前的样子：正中是繁体字的"青龙桥车站"，下面是威氏拼音"CHINGLUNGCHIAO"，右侧是题写的时间"光绪戊申秋季"，左侧是题写人落款"关冕钧书"，还附了两方印章。

站名的题写，也能透露管理者的特点。

全线第一期开通的各站，都由陈昭常题写。陈昭常，时任京张铁路总办，曾任翰林院编修、刑部主事等职，游历过英、法、德、美、俄等国考察洋务，陪同过慈禧西行，随从袁世凯进行过商约谈判。他题写的站名格式并不完全统一，在广安门、西直门的站名上方，端端正正添了"北京"二字，而其他车站并没有加注地名。

陈昭常调任吉林巡抚后，詹天佑升任京张铁路总办兼总工程师，关冕钧升任会办。后面全线通车时的其他各站，包括京门支线，詹天佑大都委派关冕钧题写站名，他自己只写了最后三个站。（居庸关、清华园站是后来补建的，补写站名的时间已经到了宣统二年，即 1910 年。)

关冕钧 23 岁考取进士，主持过中国历史上最后一次科举考试。在京张铁路，他先任总管，后任会办，于协调调度、经费分配、监督管理、后勤事务等各方面，鼎力支持詹天佑。他写得一手好字，题写了多处站名匾，不仅成为历史见证，而且具有艺术价值。不过，他有时也任性，下花园、三家店的站名匾落款，出现了"苍梧关冕钧书"，想来他一高兴，加上了自己的籍贯。广西苍梧是有 2000多年历史的古郡王城，是后来的梧州，是粤语和岭南文化的发源地之一，是关冕钧深爱的家乡。

站名下面的拼音，现在一般人不会拼，那是威妥玛拼音。威妥玛是英国人，他发明了为汉字标注读音的罗马字母拼音，也称为威氏（韦氏）拼音。从清末到 1958 年中国汉语拼音方案公布，那么长的时间里，中国和国际上都用这种威氏拼音为中国的人名、地名标注读音。

另外，站长说，在他还小的时候，不知是为了防止破坏，还是觉得老牌匾本身属于"四旧"，或者是别的什么原因，反正站名匾上阴刻的文字被人们用灰膏全部抹平，在灰膏上又刷了白粉，写上"青龙桥"三个黑色的简体大字。

直到 1995 年，建筑段的工人来维修房屋，发现灰膏脱落，露出了里面的痕迹，便告诉了车站。车站的人们像考古工作者那样，仔细清理，小心翼翼，站名匾上初始的文字终于重见天日。

五

回程车上，眼前浮现小站情景，脑子里塞满各种信息，有些乏了，似睡非醒。我又来到了车站，似乎是那个七八十年代，利用停车时间，赶紧站到车站的牌匾前，认真地看，是三个字的？五个字的？有落款，没落款？繁体，简体？来回变换，终于把自己变醒了。

扫一眼窗外，晴天丽日，白云苍狗。分分钟的穿越让我恍然明白：当年，我就没能看见那文雅秀气的五个字，站房自然也不是一模一样的。怪不得没什么感觉。

了解历史中的人和事，使人感到清爽，也感到厚重。

青龙桥车站的故事有的过去知道，有的真是第一次听说。原来，美好的背后有那么多积累，那么多偶然和必然，那么多值得尊敬的人。

如果没有不同时期、不同时候的人们用镜头记录真实，没有人热情传递，没有各种关心守护，有些东西和事情，我们可能永远看不见、不知道。

永远不知道真相、看不到美好，多么尴尬和遗憾。庆幸有历史。庆幸有中国铁道博物馆、詹天佑纪念馆。庆幸首都博物馆对青龙桥站给予关注和修缮。

希望这个京张铁路最有代表性的"遗产"，能够长长久久，被保留、被呵护。小站本身就是充满生命力的"活"的文物，是博物馆独特的组成部分。

有一个家园

一

　　詹天佑赴美留学的时候，谭菊珍才刚 4 岁。这个女孩儿伴着詹天佑的名字长大，朦胧知道天佑就是她的天。

　　当年，清廷委派陈兰彬、容闳制定办法、招考优秀幼童官费留学美国。詹天佑的父亲詹兴洪犹豫不定，好友谭伯村深知天佑自小聪明，憨实用功，力劝应招，并将掌上小明珠菊珍与天佑订亲。有了这一份感动和踏实，詹家父母恋恋不舍地把儿子送走。

　　1887 年 3 月 27 日，詹天佑回国六年后，终于在澳门与谭菊珍成婚，他 27 岁，第二次见到她。回国那年春节匆匆见过一面，菊珍尚小。如今，谭菊珍穿着襕干式红喜长裙，外罩石青色的绣花女褂，端庄娴雅；19 岁的年华，眉清目秀，皮肤白皙，花一样娇嫩；虽然缠过小脚，却也身材高挑，亭亭玉立。

⊕ 这张偶然抓拍的照片看上去很温馨，也有点莫名的酸楚。

"菊珍……"见过世面的詹天佑目不转睛，似有千言万语。

谭菊珍深情地望着他，满是娇羞和信任。

两人彼此爱慕，互敬互助，伉俪情深。婚后育有五子三女。

事实上，新婚才一年，詹天佑就开始了后半生的奔波。他倾心修筑铁路，时而攻坚克险，盯在铁路沿线，时而身兼数职，南征北战。他很少能在一个地方待住，更无法如常人那样照顾家庭。

谭菊珍深明大义，不辞辛苦。她远离娘家，一个人勤俭操持家务，悉心照料子女，把对丈夫的爱，一点一滴，默默倾注到丈夫的事业、丈夫的心愿上。她跟着詹天佑不停地搬家，南方的热，北方的冷，住工程局、住临时房、住工棚，她安顿一切，忙里忙外，毫无怨言。最终好不容易在武汉安定下来，丈夫却在那里病逝，永远地离开，那里成了伤心之地。

我一想到她，就想到她的小脚，怎样走过那些坑坑洼洼的路啊，真是心疼。

数一数子女们的出生地，可以看出一家人辗转忙碌的足迹。长女生于广州，长子生于河北古冶，次子生于山海关，二女生于丰台，三女生于锦州，三子、四子生于广州，五子生于北京。我也常想象谭菊珍生宝宝时，每每面临的困窘、孤寂。

纪念馆有张照片，是偶然抓拍的。詹天佑携家眷刚从丰台搬到锦州工区，在一间简陋的工棚里，他在吊床上聚精会神地看书；孩子则坐在桌边，想说话，又不敢打扰爸爸；妻子微低着头，正在缝补一件衣服。看上去很温馨，也有点莫名的酸楚。

刚成家那些年，工资不高，支出不少，后来詹天佑主管工程手握重权，但他为官做事十分清廉。有高官厚禄的同学，有要好的同事同乡，每每来访，都对他们家的热诚厚道、简单朴素印象很深。

其实，所有的辛苦劳累在谭菊珍心里都不算什么，只要和丈夫在一起就好，只要夫妻长相厮守，就是幸福。

可是詹天佑太累了。本来父母都长寿，自己爱运动，身体素质好，但他主持修筑汉粤川铁路并不能完全做主，世事坎坷，颇多挫折；他工作超劳，疲于筹款，身心透支；罹患慢性痢疾半年之久，本该治病调养，却又抱病远行，在天寒地冻中奔波工作一个多月，心力交瘁，形神消损，终于倒下了。1919 年，59 岁的詹天佑英年早逝。

谭菊珍正患肺病，丈夫的离去令她痛不欲生，但她记着詹天佑的愿望，扶灵北上，带着全家迁居北京。待到 59 岁那年，她病体难撑，终于去找享寿同年的詹天佑。好歹把孩子们拉扯大了。

如今，在青龙桥车站，如果你顺着詹天佑铜像后面不远处的台阶往上看，你会发现，在半山上，在茂密树林的掩映中，有一方黑色的大理石，上面书写着詹天佑先生生平。那是詹公的一生，而那一生的背后，有谭菊珍。所以，他们夫妻合葬在那里。

此墓于 1982 年从海淀万泉庄迁至这里，当时举行了隆重的迁墓仪式。

他们终于厮守在一起了，永不分离。

二

在青龙桥车站的斜对面，有几排青砖平房，虽然颓旧了，但也看得出歇山屋顶、装饰线。房子之间的院墙很短，却做了微微的拱券，颇与车站有几分匹配。那是曾经的铁路职工住宅。

现在的站长杨存信，就出生在那里。

那时候，每天早晨，他被响亮的汽笛声从睡梦中叫醒，揉揉眼睛，听到火车噗噗地喷着汽，哐当哐当启动，哐当哐当加速，开走了，走远了，于是他的一天开始了。出去疯玩，没有表，但他知道哪趟火车进站就得回家，哪趟火车过去大人才能下班。只不过，疯玩不能到站台上去围着詹天佑铜像跑圈，那是爸爸严令禁止的。

有时他给爸爸送饭，拎着大大的饭盒，跨过钢轨、道砟、枕木，必须小心翼翼，等着爸爸吃完再把饭盒拿回来。有时天快黑了，家里没人，他就到车站的值班室去找爸爸。

爸爸杨宝华在车站工作，先进事迹还登过报纸。爸爸对他的口头禅是："老实坐着，别乱动。"

有一次，他看见墙上的小黑板写了很多奇奇怪怪的数字，黑板下边有一支绿色的粉笔，他伸出手，想学老师的样子写写算数，不料爸爸黑了脸，啪的一下打了他的手："谁让你乱动的，动了上面的数，会出大事故！"

杨存信懂得什么叫大事故，总听大人们说，一个信号灯不对，一个道岔扳错了，都会车毁人亡，大事故是很可怕的。

他不敢动了，静静地观察。爸爸和叔叔们进进出出，忙着去接车送车。他们白天拿着红红绿绿的小旗子，在站台上站得特别直，做出各种手势。晚上别管多冷，也要用手提信号灯（早期叫号志灯）在夜色中对火车发号施令。有人扳道岔回来，手套油乎乎的，似乎还很高兴。

1982年，爸爸退休，杨存信子承父业，也在青龙桥车站工作。一开始，他不踏实。原以为看爸爸干了一辈子，车站上这点事都没问题，结果当了铁路人才体会到，什么是单调、辛劳、寂寞，什么是责任重大，提心吊胆。特别是行车工作总是倒班，夜班整宿不能休息，下了夜班大白天的，该睡觉却睡不着。

他时常坐在山坡上，看绿色的火车顺着"人"字形线路开进来，再开出去。开出去时，长长的，蜿蜒着，牵动他的心。他想，和火车一起到山那边去吧，看看外面的世界。听旅客说了，哪哪儿又招工呢。

可是老爸不答应："你应该懂，这是京张铁路，你应该知道，青龙桥是咽喉，咽喉要道，该不该好好地守！"

杨存信终于踏下心来。不仅踏下心来，还记住了老爸饱含深情的话："你是詹老爷子看着长大的，好好干，每天的工作都会被老爷子看在眼里。"

三

　　詹天佑说过"视公事为家事"，杨存信把青龙桥站当成了自己的家，一心一意做好"家务事"。他做扳道员、助理值班员、车站值班员，1991年，当了车站的站长。站台、钢轨、道岔们的脾气秉性，站房里每一扇门窗，每一条座椅，每一盏灯的喜怒哀乐，他都熟悉，心中有数。二十多年的时间，他和几十名职工一起建设小站，建设他们共同的"家"。

　　青龙桥站实际管辖上下行两条线上的两个小站，间隔一公里，中间还要翻过一座山，两头跑，每天都要徒步往返，大家没有怨言；遇到施工、汛期，或者节假日，几天都驻守在小站，大家没有怨言；2012年初冬，延庆地区下了五十多年未遇的特大暴雪，最大积雪深度46厘米，所有公路封闭，只剩下火车还在开。雪情就是命令，及时扫雪是必须的，下班的职工没有一个人回家，接班的职工全部提前到达。"人"字形道岔构造复杂，为防止结冰，他们四人一组守在道岔旁，随下随扫，脸吹木了，脚冻僵了，都没有怨言。

　　多少年下来，全站职工守在这里，谁都没有提出过调离的要求。杨存信只有一个春节是在家中过的，因为当年新婚，同志们坚持要照顾他。

　　车站曾经车多人多，从莫斯科、乌兰巴托开往北京的国际列车都在这里停靠，外国人都下来拍摄长城，每年客流量有十几万人。

行车要安全，客运要服务，车站要防火、防洪、防盗、防事故，他们没有出过差错，连设备也没有不良记录。

随着时代变迁，车站的情况一天天改变，车少了，人也少了。斜对面那排青砖的职工住宅，已经人去屋空，大家都搬到县城了。县城好，有楼房，老人看病孩子上学都方便。

对杨存信来说，离县城近的铁路单位，有；交通方便的工作岗位，有；当了多年站长，里里外外的人脉，也有。他可以换一个工作的地方。可是他哪儿也不想去，就想守住这大山里的小站。

四

早年有人问詹天佑和"人"字形铁路的事儿，杨存信说不清楚，好多事一知半解。后来只要工作不忙，他就学习历史、查阅资料、找老人了解过去的事，再加上自己的思考，什么问题他都尽可能回答好，回答得细一点儿。

他和小站的职工还注意寻找京张铁路当年的遗迹。听说居庸关隧道路基旁边有块石碑，上面刻着特殊的符号，他赶过去，左看右看，像是京张铁路的东西，赶紧继续搜寻，又找到几块。当几名职工手拉肩扛、装车卸车，用五个多小时把石碑运回来的时候，谁也说不清那到底是什么。后来请教专业人士终于弄明白，这是京张铁路最早的里程标志碑、坡道标志碑，上面的符号叫苏州码子，是明清两代和民国初期的"商用数字"，当时阿拉伯数字在中国尚未普及。

他们特有成就感，把陆续找到的石碑都排列在站台的一角，凡有人来，就兴致勃勃地讲：您看，汉字的"上""下""平"表示坡道类型，而苏州码子十位上的一、二、三用相应的竖道表示。那么，这块石碑上的"川二下"就标志着，此处是坡度为1/32的下坡。您知道吗，当年詹天佑用苏州码子而不像外国人修铁路那样用阿拉伯数字，就是要在京张铁路上强调中国元素！

类似的得意之作还有很多。比如一组手扳道岔；比如几段英国、美国、比利时产的老钢轨；比如复古的油灯座、当年软纸或硬板的火车票；比如不厌其烦、几经辗转，从喜爱长城的英国友人威廉·林赛手中得到的刊登在1923年美国《国家地理杂志》上的车站老照片。

在车站的小展室里，杨站长更是如数家珍地介绍每一个物件、每一张照片：这是毛主席视察官厅水库路过青龙桥车站；这是郭沫若慕名来到车站；这是抗战爆发前七天，小站的情景……

车站的站房有的墙皮脱落，有的局部受损，毕竟文物保护不是一件容易的事儿。杨存信便抓住各种机会向上级和文物保护单位汇报，得到了大力支持。时任首都博物馆副馆长的王武钰听完汇报后，深入调研，组织制定并落实方案，2008年，车站得到整体修缮。随后，首都博物馆和北京铁路局在车站共同举办了"工业遗产"展览。

2013年，当代表着国内不可移动文物最高保护级别的"全国重点文物保护单位"标志碑终于竖立在车站的时候，杨存信忍不住热泪盈眶。有人以为他为曾经付出的心血和汗水流泪，其实他是替詹天佑，替京张铁路欣慰。

2018 年 3 月，由詹天佑科学技术发展基金会、中国铁道博物馆主办，詹天佑纪念馆承办的"工业遗产百年老站——京张铁路青龙桥车站"主题展览开幕，成为车站的常设展览。经典的照片，浓缩的历史。杨存信主动当起了义务讲解员，讲詹天佑和"人"字形线路的故事，讲京张铁路乃至中国铁路的发展变迁。

小站是全国铁路、北京局集团公司多年来的爱国主义教育基地，是铁路科普教育基地，还被授予"全国关心下一代党史国史教育基地"，被评为 2020 首届北京网红打卡地。

有时，小站一天就接待各类团体和来访者近千人，杨存信和职工们觉得很有意义。

是的，有意义。小站职工们守护的是詹天佑永远的家园，是京张铁路留存的家园，是铁路人乃至中国人共同的精神家园。

有条人字线

一

　　有人问，京张铁路青龙桥的特殊线路到底叫"之"字线，还是叫"人"字线？

　　一般情况下是用"之"字的，因为那是国际通用的说法，来源于美国早期矿山铁路中局部使用的"switch back"，表示铁道的转折道岔、折返线。

　　这种铁路形式被詹天佑的京张铁路青龙桥段运用得最经典、最有性价比、最为世人公认。就像毛泽东将马克思主义普遍真理与中国革命的具体实践相结合，走出了一条农村包围城市的成功之路。

　　如果实地去看，从山上俯瞰，两条铁路线有一段是合并在一起的，然后分开，像是一撇一捺，顺着山势，往不同的方向伸展。这情形，恰似一个大大的"人"字（实际上詹天佑也是截取了"之"

字线的一部分）。所以青龙桥的人、八达岭的人、铁路人，都感觉"人"字更符合这段铁路的气质，愿意称它"人"字形铁路、"人"字形线路。

也曾有刚入职的年轻人和我聊到"人"字线，说知道它的大致意思，但具体运行方法弄不明白。

我抓过一张纸，画起图来："你看，东北面是青龙桥长长的山谷，很长，能停下整列的火车。火车从南面开过来，顺着一座大山斜斜的山脚，往东北方向前进，经过山谷的入口，完全进入青龙桥山谷，然后停下来，调转方向，车头变车尾，车尾变车头，再经过山谷的入口，从山谷开（退）出来，沿着另一座大山弧形的山脚，转向西北方向去。"

自己觉得画得不错。这个草图我见过，再往西北方向就是八达岭隧道。那是詹天佑画的，寥寥数笔勾勒出了山，勾勒出了谷，勾勒出了铁路，一幅写意山水图。

正自美着，年轻人说："这两个铁道为什么不直接连通，非要进山谷去费事，两个山也不远啊，大不了架座桥。"他指着图上我用三角形和抛物线画成的两座山，离得真不远。

我愣了一下才反应过来："铁道在两个山上的高度不一样啊，连接起来，坡度还不得 60‰，你以为在游乐场开过山车呀。"

"铁路每升高 1 米，就需要经过 100 米的斜坡。这山到那山，看着不远，关键高度上升了不少，怎么也需要十几公里的坡道。"

我接着讲，"把坡道引进山谷，再通过人字形折返，路不用太远，而长度和坡度都够了，所以才是好的方案。"

年轻人拍着脑袋说："忘了高度的事儿了，感觉是在一个平面。"

我笑，是自己绘图水平欠佳，把两山的铁道画得一样高，误导了人家。

"还有一点不大明白，"他说，"您说火车调转方向，车头变车尾，车尾变车头，怎么变的？另外听说过，上坡的时候，前面火车头拉，后面火车头推，真的吗？那成本多大呀。"

我心想，这可复杂了，从京张铁路开通到现在，不同的时期、不同的国力、不同的机车、不同的载重、不同的方向，其车头变车尾、车尾变车头的方式都有不同，一句话两句话说不清楚。如果详细说，我不一定都能说对，他也不一定有耐心听。

简单讲，火车头也叫机车，"人"字形铁路的行车方法其实包括单机牵引和双机牵引两种。

初期主要是大功率蒸汽机车单机牵引，方向不同，方法也不同。往张家口方向，从南口开始上山，机车在列车尾部推进运行，进青龙桥站，尾部的机车原地变成了前部的，直接牵引列车折返出站；往北京方向，从康庄开始下山，机车在列车前部牵引运行，进青龙桥站，停车后机车通过折返道岔和旁边的走行线，快速完成摘车、转线、再挂车的作业，从列车的一端转移到另一端，牵引列车出站。

后来列车加长了，载重加大了，便采取双机牵引（也叫推挽牵

摄影／王明柱

引），即所谓前面火车头拉，后面火车头推。当时为配合这种牵引模式，在南口和康庄之间还有加挂补机等辅助作业。

随着内燃机出现，双机牵引变得简单。到S2线，动车组本身就自带两个方向的火车头，更加直接方便。

二

当年，詹天佑经过考察和勘测，写出了《修造京张全路办法》，对拟建铁路的地质地貌、难点特点、工程设计、建造计划等进行说明，上报朝廷求得最终批准，同时也作为铁路建设的依据。

在这个"办法"中，詹天佑提出了分三段建造京张铁路的计划，即分段建造、分段完工、分段开通运营，最后全线贯通。其中第二段，由南口经关沟，过八达岭，至岔道城，是承上启下的工程，也是最为艰巨的工程。詹天佑指出：

由南口至八达岭高低相距一百八十丈，计由南口修垫，每四十尺即须垫高一尺。

居庸关、八达岭，层峦叠嶂，石峭弯多，遍考各行省已修之路，以此为最难，即泰西铁路诸书，亦视此等工程至为艰巨。

翻越或者穿越八达岭，是这一段艰巨工程的关键，是难中之难。八达岭是居庸关的北口，与南口相对，有"北门锁钥"之称，明代延庆州的巡抚童恩曾为八达岭题写过"天险"二字。

怎样解决过八达岭的问题？

最初的方案是在山脚下开凿隧道，直接由石佛寺穿过八达岭往西北方向行驶，需要开挖八达岭隧道 1800 米。以当时的条件，人力开凿需要三年。

结果方案还没出台，就有人"雪中送炭"。那是一个没有太阳的上午，凉风吹来，手脚还有点儿冷，但是山桃花开了，一片一片的，雪白，淡粉，深红，让人心情明朗起来。詹天佑和工程人员一起在山下定点、测距、记录，跑来跑去，忙得不亦乐乎。

这时，有人来找詹天佑。是谁呢？詹天佑有点惊讶，谁能找到这荒山野岭来？待一见面，原来是英国工程师金达。另外还见到《泰晤士报》驻北京的记者莫利逊博士，此人在以后的民国时期担任过袁世凯北洋军阀政府的政治顾问。

金达，英文名 C.W.Kinder，从小在日本随父亲修筑铁路，是最早来到中国从事路矿经营的外国人。开平矿务局设立时，他被聘为总工程师，在随后的唐胥铁路修建、"中国火箭"号机车制造，以及引进英国轨距标准（1435 毫米）、延展唐胥铁道线中，都发挥过重要作用。他在清政府面前很有威信，和詹天佑也很熟悉。在之前的唐津铁路、关内外铁路建造中，詹天佑做过帮工程师、工程师，是金达的助手。

原来，金达不放心这段工程，他认为清政府迟早要请他回来，所以必须做好准备，提出方案。

金达没有寒暄，直接对詹天佑说："我在勘测中发现，从南口经八达岭至岔道城，线路的险峻程度超出我的料想……贵国缺乏机械设备和经验，难以承担开挖山洞的工程。"他建议改由外国人来主持修建此路，或者承包这项工程。

詹天佑回答："袁总督在奏折中已经呈明，京张铁路不用一个外国人。"

金达坚持说："英国公使对我讲过，英、俄之间并没有不让中国使用外国人的协议。"

詹天佑不再说话，径自去忙了。金达可能疑惑詹天佑心里到底是怎么想的，他不知道，答案在詹公日记和《京张铁路工程纪略》中可以找到，詹天佑说：

> 此项路工实关大局，窃谓我国地大物博，而于一路之工，必需借重外人，引以为耻！

第二个方案是不用隧道。先往东行，绕道黄土岭，转一个大弯后向北向西去，从称作小张家口的地方出山，这样可以躲过八达岭，免去开挖大隧道的困难。但是经过对比，这个方案延长线路过多，开挖石量也不少，而且道路狭窄弯曲，难于材料运输。总的来说，所需工程费用与八达岭隧道方案相仿，既没有节省开支，又增加了线路长度，延长了行车时间。

两个方案都不能令詹天佑满意。

三

不满意便不罢休。詹天佑迈开脚步，在山坡上走，他走出了村民朋友，走出了新线索。村民带他深入到山后一条地势升高的峡谷，林木掩映、杂草丛生，还有残旧的古长城……他走出了新思路：缩短八达岭隧道的长度！缩短长度就是缩短难度，就是缩短工时，就是减少费用和施工的危险性。

詹天佑决定，将线路由石佛寺引上山，引进那条地势升高的峡谷，设青龙桥车站，在此折返，把铁路铺成"人"字形，一方面在同一路段增加了坡面和里程，另一方面，充分利用33‰的坡度，提升线路的高度，达到山腰上隧道的高度。

山低是肥环，山高是瘦燕。山脚下山洞的长度，与半山腰山洞的长度，肯定不同。八达岭隧道缩短了差不多一半，由最初的1800米缩短到1091米。

为确保火车在坡道上运行安全，詹天佑还在南口至康庄之间设置了12处"保险道岔"，以防溜车事故。万一列车刹车失灵，保险道岔可将列车引入岔路，岔路有上升的坡度和适宜的长度，能够收住奔跑的速度。现在我们开车走京藏高速公路八达岭段，会频频看见被借鉴到公路上的"避险车道"。

"人"字形铁路在此修建，令国际工程界对詹天佑、对中国工程师刮目相看。后来金达也到过施工现场，回来给詹天佑写信说：

⊙ 万一列车刹车失灵，保险道岔可将列车引入岔路。

"……你正在进行卓越的工程，而且极为经济，这应该极大地归功于你和你的同人。"可见也由衷地赞赏。

詹天佑却冷静客观，他多次说，"人"字形线路并非最优之选，是在各种条件限制下，不得已而采取的较好方案。

20世纪60年代初，为适应运输需求而增建铁路复线，在青龙桥，仍然参照詹天佑的办法，在相反的方向修建了相同的"人"字形展线，以节省工程造价。

四

不知你是否注意过"人"字形铁路的照片，明媚的、葱郁的、金黄的、雪白的，各种季节各种美。铁道博物馆里有，青龙桥车站小小的展室里有，有关书籍图册、微博、网站都有。

我总是被那张特殊的夜景打动。我不知道照片上的蓝色天光是怎么拍摄出来的，融合了白天、夜晚、黎明。

我不知道那冬雪与树、与花，何以跨季缠绵，呈现在细心人眼前。中国有画花"不问四时"的传统，春桃夏荷并存，"卧雪芭蕉"惊艳，其意不在记实，而在写神，写出四时繁盛，写出自强图存。

我不知道那舒展的"人"字何以在夜空下闪闪发亮，但我知道，每次见到它都有一种浩瀚的诗意在心中腾起。

夜色苍茫，万籁无声，如椽之笔挥洒出大写的"人"字，于崇山峻岭上，灿若星辰。

## 有座地下站

一

历史有着惊人的相似。

相隔 110 年，中国铁路建设者修建京张高铁，重点工程仍在八达岭。同样的智慧，同样的勇敢，同样的奋战，他们在八达岭隧道、青龙桥车站、"人"字线的下面，修了新的八达岭隧道，建了地下八达岭长城站。隧道与车站相连，在詹天佑的"人"字上添了一笔，变"大"，变得立体。中国人立足大地，书写大的豪迈，彰显大的气概。

同样是初春，他们来了，在詹天佑勘测过的地方勘测，在詹天佑选择过的地方选择。

他们是蒋思和他的同事。京张高铁招标在即，他们来勘察标段。他们发现，包括新八达岭隧道和八达岭长城站在内的第三标段，是整条京张线，乃至铁路建设史上的"硬骨头"。

一个多月后，中铁五局中标了这块"硬骨头"，而蒋思被五局选中，担任第三标段项目经理。

春回大地，万物复苏，新一代筑路人热血涌动。蒋思和项目部的同事们知道"硬骨头"是不好啃的，但不经历风雨，怎见得彩虹？能够放飞梦想，迎接挑战，释放和检验自己，他们感到幸运。

群山巍峨，回声震荡，他们似乎听到毛主席诗词中那些脍炙人口的诗句："江山如此多娇，引无数英雄竞折腰""俱往矣，数风流人物，还看今朝。"

他们确信，时代不同了，"今朝"的"风流人物"是企业和国家的综合实力，要钱有钱，要人有人，技术、设备，都是詹天佑那个时候无法比拟的。

二

八达岭长城站主体部分在地下，埋深 103 米，总长 470 米，建筑面积近 4 万平方米，是目前国内外埋深最大、堪称世界第一的高铁地下站。站内犹如迷宫，主洞数量多，有 88 种断面类型、78 个交叉节点，是目前国内外最复杂的暗挖洞群车站。车站两端过渡段的单洞开挖跨度达 32.7 米，是目前国内单拱跨度最大的暗挖铁路隧道。车站建成后，旅客进出站提升高度为 62.7 米，是目前国内提升高度最大的高铁站。

有了这些"最"，工程难度和技术要求显而易见。这还不算，在中铁五局，在三标项目部，在蒋思看来，这些"最"的上面还有两个"将"字，不容忽视。

中国铁路总公司（中国国家铁路集团有限公司）、中国中铁股份有限公司、中国铁路北京局集团有限公司、京张城际铁路有限公司的负责同志，多次亲临指导，强调工程的重要性。八达岭长城站作为"精品""智能"工程，将代表中国高铁建设的最新水平，将促进中国铁路走出国门，走向世界。

怎样代表中国高铁建设的最新水平？怎样促进中国铁路走向世界？

磨刀不误砍柴功。蒋思和项目部的同事们就像当年詹天佑那样，迈开大步，漫山遍野地走，调研，思索。

三

他们穿行在八达岭，每个人都敬仰山脊上巍峨的长城。

1971 年，第 26 届联合国大会恢复了中华人民共和国在联合国的合法权利，中国向联合国大会赠送的礼品是一块万里长城大型挂毯。联合国将万里长城定为"世界文化遗产"，许多外国人知道中国是从长城开始的。

被英国 BBC 评为世界七大工业奇迹之一的美国太平洋铁路，建成于 1869 年，全长 3000 多公里，其中西段最艰难的 689 英里，

⬆ 八达岭长城站主体部分在地下，是目前国内外埋深最大的高铁地下站。

主要由中国工人完成。

史料记载，当华工们走进工地，很多白人、工地负责人都不相信这些身体单薄、个子不高的中国人能胜任艰苦的施工。而铁路总承包人克罗科的话一语中的——能修建万里长城的民族，当然也能修铁路！

事实如此，华工们以惊人的智慧和毅力，攻克难关。河谷上的悬崖峭壁没有立足之地，华工们便把自己悬吊在篮子里。内华达山的积雪和雪崩时常阻断施工和铁路运行，华工们修建了近70公里的防雪墙，完全避免了积雪的影响，当地人充满敬意地把它称作"内华达山脉的中国长城"。

长城是什么？是中华民族用智慧叠加出的创举，是一代又一代中国人的勤劳坚韧、自强不息。有自强不息，就有新中国，就有改革开放，就有青藏铁路、杂交水稻、海洋深潜、航天科技，就有超级运算、大飞机制造、中国高铁、中国天眼，以及中国特高压输变电技术和 5G 通信技术的领先。

长城的军事防御功能虽然已经消退，但是智慧仍在，精神永存。

四

蒋思他们承接的工程离地面最近的地方，就在詹天佑"人"字线的下面，仅 4 米。一百多年前的"人"字形铁路，铺展在山谷，春风浩荡，传播着正气、豪气、志气。

1961 年，首都科学技术界隆重纪念詹天佑先生，中国科协主席、著名地质学家李四光热情赞誉京张铁路："为深受侮辱的中国人民争了一口大气，表现了我国人民伟大的精神和智慧，昭示着我国伟大的将来！"

1987 年，詹天佑纪念馆落成。此后，武汉、广州，建起了詹天佑故居陈列馆。

20 世纪 90 年代以来，铁道部、民政部设立了詹天佑科学技术发展基金会、"詹天佑铁道科学技术奖"，以及高等院校"詹天佑班""詹天佑学院"，一大批铁路科技精英脱颖而出，一届届优秀学生成为铁路发展的后备人才和智慧交通的领军人。

1999 年，中国土木工程领域科技创新的最高奖项"中国土木工程詹天佑奖"设立，这是一项跨多领域激励科技创新的重要荣誉。

京张高铁开工伊始，中国中铁股份有限公司党政工团决定开展

"詹天佑杯"劳动竞赛，激发员工的创造热情和奋斗精神。

那山谷间的正气、豪气、志气，伴随着詹天佑的名字，传递榜样的力量，诠释使命与担当。

虽然詹天佑不在了，但京张铁路还在；虽然京张铁路的运输功能消减了，但京张铁路在中国铁路史上有着里程碑的意义，起点常在，方兴未艾。

五

蒋思和项目部的同事们学习领悟，眼中是智慧和精神，心中是精品与责任，结合到一起，锻造出两个血气方刚的字：创新。

习近平总书记说过，谁牵住了科技创新这个牛鼻子，谁走好了科技创新这步先手棋，谁就能占领先机、赢得优势。

创新是灵魂，是动力，是效率。他们亮出了自己的口号："以创新为手段，打造精品地下站"。他们带着清晰的思路安营扎寨，向地下进军。

工期紧，那就一天当作两天用吧，白天晚上一起干。他们只用三个月就完成了先期设施建设，以最快的速度步入正轨。

问题多，32.7 米的隧道大断面怎么开挖？超大断面隧道拱顶怎么稳定？隧道二次衬砌怎么施行？混凝土灌注怎样才能保证"长寿命"？

物理学家李政道说：能正确地提出问题，就是迈出了创新的第一步。他们成立科技攻关组，一口气制定29个课题，一个一个"钻"，一道一道"啃"，在不到三年的时间里，全部搞定。

他们研发出超大断面开挖的16字新工法；他们采用新型控制技术，实现顶洞围岩加固；他们设计出400吨重的全液压可调式超大断面台车，综合国力是坚强后盾，有设计，就能生产，这种台车通过各部位的伸缩、调节，解决了不同断面的施工问题。

接下来，他们在"长寿命"混凝土配置、养护、防水排水等方面下功夫；在采用精准微损伤爆破技术，保护地面文物上下功夫；在修建永久性污水处理厂，打造"绿色工程"上下功夫。

功夫不负有心人。智慧的种子在心血和汗水的浇灌下开花结果。正如110年前隧道贯通，迎来激动人心的时刻，他们，也在幽深的地下，见证人生的高光时刻，他们打败了各种困难，他们收获了梦想的成功。

终于，八达岭长城下面的车站撩开层层面纱，展现在世人面前。地上地下相隔数层，新老京张跨越百年。跨越之间，中国铁路走了很远，实现了全面进步与科学发展——

高速铁路纵横成网，智能水平不断提升；既有线铁路大面积提速，设施设备日益更新；运用BIM技术进行建设施工；大批技术创新成果达到世界先进水平；研发持续优化升级的12306客票系统；推出复兴号中国标准动车组……

## 六

2019年10月5日，第一列检测车开出，京张高铁联调联试拉开帷幕。八达岭长城站像是家有孩子初长成，建设者们恋恋不舍地把它交到运营管理者手中。

每当试行列车驶过站台，人们就会看见站长、副站长……他们穿制服、戴眼镜，都是斯文帅气的小伙子。

谁能想象他们当初的"狼狈样"？其实，他们早就关注"孩子"的孕育，参与"孩子"的成长。为了迎接新车站，他们连续几个月，一身臃肿，满面灰尘，上下奔忙。

当年3月，北京局集团公司就指导站段成立了八达岭长城站运营筹备组，站长作为主要成员，每个月都进到坑洞里，跟踪施工进度，做到心中有数。

9月，他们提前进驻车站，冷风嗖嗖，粉尘弥漫，一切都在紧锣密鼓地进行。他们头顶安全帽，身穿棉大衣，戴着防雾霾口罩，在幽暗中往返，电梯还没安装，从地面到地下432个台阶，每天上下好几遍，一身身的汗。

12月30日，高铁正式运营。车站的职工们各就各位，盯控安全，管控设备，搞好服务……没有压力是假的。但他们说，当"人"字形顶灯亮起来，悠长的站台明快温暖；当高铁列车优雅而来轻盈而去，旅客们从容地进出地下站，他们觉得所有付出都是值得的。

七

　　知道了车站背后的故事，出入八达岭长城站的时候，我有点不好意思炫耀幸福。但的确是幸福的。

　　我爱来八达岭，坐过 S2 线、旅游汽车专线、919 公交车，也曾自驾车、乘坐景区接驳车，但从来都没有这么快，这么有准儿，这么方便。

　　车站的叠层通道让人感受到进出站分开的好，环形救援廊道让人确信紧急情况快速救援无死角，巨大的通风井连同迷宫一样的通风管道适应空气新鲜的需要。出站一看，八达岭核心景区就在眼前，地面上的站房形隐于山，既简洁现代，又不失历史的凝重，还很自然。

　　怎么能没有幸福感。

　　我也喜欢到詹天佑纪念馆，就像遇到任何博物馆有时间总要进去转一转。据说当年，时任全国政协副主席的铁道部老部长吕正操，亲自参与詹天佑纪念馆的选址工作，特别想选一处既能仰望长城又能靠近火车站的地方，最终未能十分如愿。

　　现在的八达岭长城站离纪念馆多近啊，近在咫尺。

　　从此，纪念馆通过一个车站了解智能高铁的内涵；透过一个项目部品尝无数建设者的苦辣酸甜，他们四海为家，四季轮转，逢山开路，遇水架桥，他们奉献的身影和精神，已被铭记，永为纪念。

　　从此，长城、詹天佑、高铁，古今对话，绵绵不断。

第四章　科技魅力

英国学者李约瑟说，尽管中国古代对人类科技发展做出了重要贡献，但科学和工业革命却没有在近代中国发生。

是的，封建专制的政治制度、农业为主的经济形态、独尊儒术的文化观念、闭关锁国的外交策略，以及中国传统科学自身的局限，使得近代中国科学技术十分落后。

许多近代中国知识分子，如詹天佑，不甘落后，致力于"引火取种"，"兴国阜民"。

## 经纬仪传奇

一

你知道经纬仪吗？有人告诉我，经纬仪是一种测量水平角和竖直角的仪器，最早用于航海和战争，由于它提高了观测精度，简化了计算过程，能提供更多的数据，后来被广泛用于工程建设。

我还是一头雾水。直到在博物馆见到詹天佑使用过的经纬仪、水平仪，才有了感性认识。它们体量不大，黄铜黑铁，繁复的支架、转轴、度盘，十足的工业机械感。

有人介绍，开挖隧道时詹天佑采用"竖井挖掘法"，就是凭借经纬仪，做到多处入手、同时挖掘，不仅神提速，而且神对接，完全没有偏差。我试想一下，是挺神奇。

京张铁路从南口到八达岭，地势高低悬殊，山势嵯峨崔嵬，必须开凿四座隧道：居庸关、五桂头、石佛寺、八达岭。其中八达岭

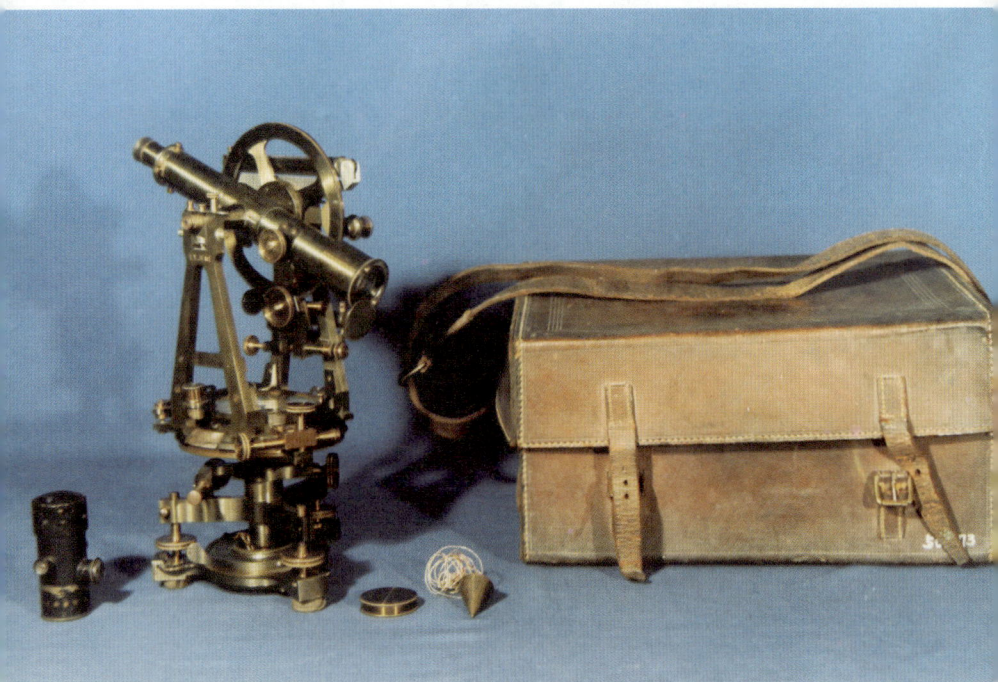

⊕ 开挖隧道时詹天佑采用"竖井挖掘法"，就是凭借经纬仪，多处入手，没有偏差。

隧道至关重要，虽然长度比原来减了不少，但在当时仍然是国内最长的铁路隧道。

动工前，都说中国人不可能凿通此洞，金达建议雇用外国人；日本的承包商雨宫敬次郎自告奋勇，上书袁世凯，说中国没有相应的机器设备，工人从未经过训练，工程技术人员也缺乏经验，只有请日本工程师，租用日本的大型机器，才能完成开凿工程。

的确，1091 米长的隧道，靠人工开凿注定十分艰难。袁世凯也曾心里没底，一再追问詹天佑："我们中国人究竟能不能修筑这项工程？"

詹天佑虽然在铁路工作多年，确实也没有完整地修过隧道，只是参与修建关内外铁路时，凿过一段山洞，还因中日甲午战争停了工，算是略有经验。

但詹天佑有自己的想法。一是必"不敢畏难"，因为接受任务之初，就是要修一条中国人自己的铁路，所以必须迎难而上，设法攻坚。二是要"自秘其难"，他担心那些困难吓得清政府改变主意，把工程再交给洋人，让中国人的铁路半途而废。

所以，詹天佑回答："中国人能够完成。"

二

秋霜初降，层林尽染，四十里关沟姹紫嫣红的时候，詹天佑和工人们已经顺利挖通五桂头、石佛寺两条短隧道，积累了技术和经验，集中力量向最为艰巨的居庸关和八达岭宣战。

詹天佑立下誓言，不打通隧道绝不离开工地，不回家。他一边组织架设沿线电报联系网，一边把总工程局办事处移到了南口，自己住在石佛寺山中的农民家里。

不过，对于"大部队"来说，虽然在发起总攻时秣马厉兵，但那"马"，实在简单粗陋，效果堪忧。

八达岭属于花岗岩，地质坚硬。开始施工，工人们手持钢钎，挥舞大锤，日夜奋战，一个工作面挖掘一天还不到一米，进展缓慢。

这样不行。詹天佑又迈开大步，一遍一遍地走，从山这边走到山那边，从山下走到山上，走出了"竖井挖掘法"。

他决定在山上打两口竖井。大竖井在隧道正中，深33米，直径3米。工人经竖井，下到与隧道深度相同的地方，向两端开凿，这样加上隧道的两端，总共有六个工作面同时作业，效率大为提高。

这办法好是好，但有个关键，每一个挖掘端的挖掘线路都不能有任何偏差，所有线路必须准确无误地对接。如果接不上，接不准，那麻烦就大了。

日常生活中，我们也会对裁一块布、对剪一张塑料板，结果经常像两条道上跑的车，错开了，或者勉勉强强，不能精准。

詹天佑有把握，因为他崇尚科学，注重积累。在条件允许的情况下，他总愿意学习借鉴最先进的东西，让它们"为我所用"。他带领他的队友们熟练驾驭经纬仪。

《京张铁路工程纪略》记录了开凿居庸关、八达岭隧道时使用经纬仪的过程，专业性强，一般人难以弄懂。对京张铁路进行过地毯式田野考察的王嵬，在他所著《我的京张铁路》系列图书中，也曾讲解经纬仪与竖井的关系。

施工者在山上审视，用经纬仪互测"地点""天点""人点"，使三点连成一线，从山上垂直向下轰凿竖井；挖好竖井，将原定中线挪到井底，于井口设置木梁，通过经纬仪根据原定中线再行定点，在木梁上作标记；将经纬仪移至井下，进行测勘，确定新中线，向两端施工。每施工一段，就把经纬仪搬到特定位置，再测定中点、中线，再立标识。依此挖掘隧道，循环进展。

这样讲解我们可能还是不懂，但没有关系，我们由此知道，用好经纬仪并不容易。

三

经纬仪是 18 世纪 30 年代，由英国机械师西森研制的。以后经过多次改进，正式用在英国各种测量中。20 世纪初，德国开始生产玻璃度盘经纬仪。随着电子技术发展，现在有了电子经纬仪、电子速测仪。

詹天佑在 1905 年 7 月的日记里特意记下："为京张铁路购到周（译音）的经纬仪（6 秒）一架，价格为 230 银两（32 英镑）。"1908 年八达岭隧道完工后，詹天佑在写给朋友的信中称赞工程师颜德庆，说他"操作经纬仪准确无误"。可见经纬仪在詹天佑心中的分量。

经纬仪不是万能的。经纬仪是个标志，它和"竖井挖掘法"一起，代表着科学与技术、借鉴与创新。

在自身落后的情况下，借鉴也是创新。勤于弄懂，敢于引进，善于吸收，才能进步。这在"事后诸葛亮"看来，似乎显而易见，但在现实中，很多时候，人们囿于传统观念和自我经验，往往不肯及时了解新事物、尝试新技术，以致错失进步与发展的良机。

自从 1662 年葡萄牙公主凯瑟琳被英王迎娶，将葡萄牙人通过澳门贩运的中国茶叶与瓷器带入英国王室，有仪式感的下午茶和神秘的东方茶叶就越来越多地得到英国人青睐和追捧。经过一百年时间，瓷器满足着英国贵族的各种需要，而喝茶已然成为上至王公贵妇，下到平民百姓的生活习惯。

1784 年，英国大幅度降低进口茶叶税，使国内茶叶消费量猛增，茶叶主要来自中国。为避免贸易逆差，英国各界呼吁让中国进口英国的商品，进行贸易往来。

于是，1792 至 1793 年间，英王特使马戛尔尼率领一个数百人组成的庞大代表团访问中国。他们带了 600 箱礼物送给乾隆皇帝，其中包括天体运行仪、地球仪、望远镜、气压计等科学仪器；棉纺机、织布机等工业机器；吊灯、座钟、机织布料、减震马车等生活用具；还有早期的榴弹炮、迫击炮、卡宾枪、步枪、连发手枪等先进武器，以及蒸汽机和战舰的模型。

英国人想把他们的最新发明介绍给中国，猜想中国人因为惊奇和喜爱，会主动打开国门，与英国建立正式的外交关系，开展大规模的贸易。然而，让英国人大失所望的是，大清朝对贸易不感兴趣，认为带来的东西也不过属于"奇技淫巧"罢了。乾隆皇帝在给英国国王乔治三世的回信中说："天朝物产丰盈，无所不有，原不藉外夷货物以通有无。"

马戛尔尼代表团这次来访的目的虽然没有达到，但他们用 7 个月的时间在这片土地上南北往来，对大清国有了自己的了解和判断，仿佛看到了狮子却发现狮子懒懒地睡着，仿佛看到华美的屋宇却发现里面很是空虚。他们由尊崇到鄙视，再到萌生出扩张和侵略的野心，为后来鸦片大量涌入，为引发第一次鸦片战争做了铺垫。这是后话。

当时，马戛尔尼们沿着大运河等河道、道路，返回广州。至于那些礼物、那些发明和技术，要么被清政府锁进了大内仓库，要么被堆放到圆明园的角落，没人再过问。直到 60 多年后的第二次鸦片战争，英法联军攻入圆明园，发现那些欧式马车和成套的镀金镀银马具，那些铜炮、炮弹、火枪等，仍然原封不动地躺在那里。

为什么马戛尔尼回广州？因为 18 世纪末 19 世纪初，清朝只准许外国人停留在广州。

广州也有趣闻。英国人唐宁在他的书里，记录了清朝户部派来的海关监督，即"户部大人"，被请到英国商行出席早餐会的情景：

桌上铺着雪白的桌布，上面摆满了最精美的时令菜肴，外加牛奶冻、果冻之类，应有尽有，这顿早餐按照英国风格是一流的。

"户部大人"坐在一把漂亮的椅子上，大约 60 岁左右，面相和善，周围站着随行的仆役。他看了看桌上的东西，小声吩咐仆役把这些东西拿给他。于是每盘食物都被捧到面前，他非常仔细地观看，然后摇摇头示意拿开。如此这般，进行了很长一段时间，直到将桌上所有的东西都看过一遍。

陪同用餐的外商们眼巴巴地等待，食欲被极大地刺激起来，因为已经快到午饭时间。可是"户部大人"仍然静静地审视着，当整桌的珍馐佳肴（陌生的东西）又被查看一遍后，他再一次摇了摇头，似乎都不喜欢（不愿意尝一下）。然后，命人上一杯茶！

这件事不大，但与大清朝对待马戛尔尼使团的做法放在一起，就难免让人想起那个时候，朝廷上下的闭目塞听、妄自尊大、故步自封。

詹天佑不是这样的。他对与工作生活相关的新事物、新技术，抱有浓厚的兴趣，喜欢"亲口尝一尝梨子的滋味"，敢于做"第一个吃螃蟹的人"。

否则，他就不会想方设法买书，买国外的书，买最新的书，也不会那么坚持钻研。

否则，他就不能带领他的团队，充分发挥经纬仪的作用，也无法对"气压沉箱法""之字形铁路""竖井挖掘""姜妮车钩"，等等，进行巧妙运用。

四

1908 年 5 月 22 日晚上 10 点半，八达岭隧道完美贯通，长达上千米，工期 18 个月，在没有大机械的情况下，不仅速度快，而且质量好。而在 9 天前，居庸关城下锣鼓喧天，鞭炮齐鸣，工人们从两端开挖居庸关隧道，也在中点准确会合，胜利竣工！

按照惯例，詹天佑要给邮传部呈送工作报告，他写道：

> 此洞（八达岭隧道）施工之初，因山形起伏，不能取平，仅就山面挂线测度，而上阻长城，中隔山岭，瞭望难周。屡屡踌躇，方克定线。洞内分段椎击。又复精细测量，始有把握。迨开通后，测见南北直线及水平高低均幸未差秒黍。

谁都知道詹天佑谦虚低调，而"未差秒黍"四个字却让他的欣喜自豪之情溢于言表。

未差秒黍的，不是经纬仪，是熟练驾驭经纬仪的詹天佑和他的中国工程师队伍，还有他们背后，那些严格按照凿线进行施工的工人们。

平凡的人也有不平凡的心愿。工人们在标准高、工作量大、条件艰苦的环境中，默默完成了自己的传奇。

## 隧道的故事

一

坐在书桌前，面对20世纪了不起的发明——电脑，竟自发呆。光标有节奏地闪着，一杯茶的香气弥散开来。

职场上有多少人，一边喝着茶、奶茶或者咖啡，一边滑动鼠标，轻击键盘，编辑复制、邮件往来、排版打印，一切都轻松搞定，也不一定觉得轻松。

我们关心怎样核对两份 Word 文档中修改的内容、如何优化 Excel 表格，惦记着下载哪个软件能再次提高工作效率，我们很少顾及电脑本身和激光照排系统是怎样形成的。说起北宋布衣毕昇发明泥活字，感觉也不算什么，甚至没什么感觉，尽管活字印刷术是中国文字传播史上一次伟大的技术革命，属于古代中国的四大发明。

我在电脑上敲击"经纬仪""竖井"等字句，讲述它们与隧道的关系。有人不以为然，因为如今隧道实在是司空见惯。

人们借助交通工具，来往穿行各种隧道，怡然方便。闭上眼睛，并非在想隧道的事情，而是等待光明扑面而来。尽管长长短短的隧道遥相呼应，把人们带到风花雪月向往之地，带到孤独闯荡后的温柔之乡，带到各种目的地，但隧道本身没有风花雪月，没有温柔浪漫，更不是目的地。

是啊，有人问，没有这些，隧道还有什么故事？

二

1863 年，为了让蒸汽机带着车厢在城市里跑起来，伦敦建立了世界上第一个地铁系统。

全长 6 公里的英国伦敦大都会地铁，用了四年时间建成。因为电力尚未普及，由蒸汽机牵引运行，乘客们饱受烟熏气闷，但还是争相追捧这种畅通无阻，速度极快的交通。从此，现代意义的隧道连同车辆成为人类一种独特而普及的出行方式。

有照片记录了英国最初修建地铁的情景，那是采取挖渠、加盖的工序完成的，多半毁掉了隧道上方的地面和房屋。

也有照片记录了八达岭隧道的诞生过程：施工中，荒山乱石，临时窄轨；竣工时，工程人员合影；通车后，钢轨笔直，两侧干净，花岗岩衬砌的隧道口题刻着隧道名称。

那是中国人自己修建的第一条长大隧道。因为是第一条，是京张铁路之关键，所以关注这个隧道的人就多。因为关注的人多，故事就多。

就有了"事故"的故事。

当中国人埋头苦干的时候，常有外国人到工地附近来看，来探查工程进展。

由于隧道挖掘时遇到的不都是大石头，也有碎石松土，所以隧道上半部分挖好后，需要及时用枕木等支撑，防止坍塌，然后再挖下面的部分，一边挖洞一边砌墙，开凿与衬砌交叉进行。多少年后，还能看出京张铁路各隧道的边墙用厚厚的水泥砂浆抹平，洞顶则用混凝土预制块砌成，十分严谨结实。

有一天，某个地方没来得及衬砌，隧道顶部忽然塌下一堆松土，量不很大，对工人安全和施工进度都没有影响。结果被人"探查"到了，不几日，"事故"疯传，报纸上也登出消息，说事故中伤亡严重，骇人听闻。

远在南方的朋友、同行，粤汉铁路总工程师邝景阳（邝孙谋）也来信询问。詹天佑百味杂陈，不得不在回信中辟谣：

> 我非常遗憾，你居然相信报纸上的谣传，说有100多人在八达岭山洞内丧生。并无此事，这完全是谣言！只是未衬砌部分有坍落现象，但不关重要，而且没有一个人受伤。

真是，如果把施工中出现的状况称作"事故"，那么在隧道建

① 八达岭隧道是中国人自己修建的第一条长大隧道。

造中，"事故"可不止这一种。

居庸关隧道长 368 米，虽然比八达岭隧道短，但地质结构更特殊，洞顶总有土石坍落，地下大量涌水，工程颇艰巨。当时没有抽水机，工人们泡在水中干活，47 岁的詹天佑带头往洞外挑水。他一面挑，一面琢磨，一面征求工人意见，终于用土法排水，减少了洞中的泥浆，用木头和小钢轨穿错支护，顶住不间断的土石坍落。

还有京张高铁崇礼段，正盘台隧道开挖时遭遇意想不到的山水倾泄和特殊岩石层，施工无法正常进行。建设者们带水作业，多少个昼夜连续奋战。中铁隧道局不断增配设备，最终保证了工程质量和进度。虽然列车从这个 13 公里长的隧道呼啸而过时只有几分钟。

这只是北京到张家口。

不用说，成昆铁路隧道艰险，施工中多次出现岩爆、大规模涌水、瓦斯等有害气体和粉尘喷出。全线 400 余座隧道，约有 25% 发生过塌方，其中 54 座隧道 86 处塌穿地表。大会战中的隧道工地，以及通车后铁路人守护隧道治山斗水、对付泥石流的故事，都让人震惊和感动。

不用说，兰渝铁路胡麻岭隧道位于黄土高原，土质松软，穿越水库，建设者历时八年攻克难关；大瑞铁路大柱山隧道出口端处于高地温区段，工人们用冰块降温，保证施工进行；石太高速铁路太行山隧道长达 27.8 公里，地质结构复杂，极易发生坍塌和大变形，施工中首创了多项技术和组织模式，为国内国际提供参考；广深港高速铁路狮子洋隧道采用盾构技术，成功跨海过江。

不用说，青藏铁路风火山高原冻土隧道，带动了我国弥散性制氧技术；兰新高铁祁连山、达坂山隧道，地处海拔四千多米之上，成为世界海拔最高、最长的高铁隧道；还有在建的跨境高铁，挑战隧道新高度，穿越喜马拉雅山。

不用说，沪昆高铁第一长隧借助先进机械，采取技术创新，穿越滇黔两省交界；新蜀道西成高铁跨越秦岭战胜风险，横穿我国南北地理分界线，形成 134 公里的超级隧道群，其中超过 10 公里的隧道就有 7 座。

这只是铁路。

不用说港珠澳大桥海底隧道，地处深海之中，成为世界埋深最大、里程最长的公路沉管隧道。不用说广东板樟山骑行（人行）穿山隧道，打造美的路程，头顶和两侧的壁幕上，呈现湛蓝天空、海底世界、城市风景。

中国铁建的隧道建设者说：隧道施工中会遇到各种情况，我们经常像在枪林弹雨中打仗，都是穿着防弹衣，带着头盔进行作业。

三

詹天佑修建八达岭隧道时，有没有一点先进武器呢？有，炸药。中国人第一次使用炸药爆破技术开凿山岭隧道。詹天佑像将军那样排兵布阵，凿工两人一组，轮流用钢钎和铁锤，在岩石上打出很深的炮眼儿，再装上炸药炸开岩石；土石运输工在狭窄的空间里将爆破后的碎石泥土运走，凿工再向前凿进。

曾配备一些小型手持凿岩机，但因操作太烦琐，工人们宁愿用传统的手钻，詹天佑尊重工人的意见。他对炮眼的大小、深浅、方位以及装药的分量，都亲自测算、把关。

炸药是拉克洛（Rackarock）炸药，新型的矿山炸药，爆炸力强，性能稳定，安全系数大。不过在爆破前，要经过十分复杂的处置程序，詹天佑亲自做实验，再组织大家进行训练。以前外国人在隧道建设中使用的炸药，危险性大，被詹天佑严令禁止使用。

炸药的发明源于我国，宋代便用于战争，不过它需要明火点燃，爆炸效力也有限。1831年，英国人发明了安全导火索，为炸药的应用创造了方便。随后，意大利人制成液体硝化甘油，轻微震动就会爆炸，无法批量生产。瑞典化学家诺贝尔，致力于炸药的研究，在理论和工业实践上都取得重大突破。他生产炸药，积累财富，还设立了世界熟知的诺贝尔奖。

实际上，与诺贝尔同时、在诺贝尔以后，各国科学家们对更高级炸药的研制从未间断，炸药的种类越来越多，用途越来越广泛。

除了炸药这个先进武器，詹天佑在施工中还有一些土法上马的好办法。

八达岭隧道越挖越深，詹天佑担心洞内煤气重，影响工人的操作和人身安全，他根据扇子原理，设计、制作了扇风机，安置在竖井口上，接上铁管到洞内进行通风。有时，还通过手拉风箱向井内输送新鲜空气。隧道完工后，竖井的井口就改建成通风楼。蒸汽机时代，每有火车通过隧道，通风楼就会冒出团团白烟，像是工业文明的大手把隧道抚摸了一遍，将爱的絮语倾诉在山野之间。遗憾的是，这座百年通风楼后来被拆除了。

考虑到通车后工人们经常检修，得保证他们的安全，詹天佑未雨绸缪，在八达岭隧道的一侧墙体，设计修建了 11 个避险洞（避车洞），大约不到百米就设置一个。避险洞不大，但很管用，好比一个个保险箱。检修人累了，遇到火车来了，都可以及时躲进小洞，既保障安全，又稍作休整。

隧道竣工的时候，詹天佑邀请外国工程界人士来参观，英籍工程师金达、柯克斯，还有那位日本承包商雨宫敬次郎都在其中，他们仔细审视了隧道，衬砌、通风、排水等，没有挑出一点毛病。

四

新的京张高铁八达岭隧道全长 12 公里，单洞双线，仍处在不良地质带。特别是与复杂的暗挖洞群车站连在一起，比起前辈老八达岭隧道，其体量、施工难度和技术要求，不知大了多少倍。

然而，现场的项目经理骄傲地告诉我们：

如今的施工和过去可不一样了，机械化程度和设备的先进，超出你的想象！需要什么设备，马上配置到位。不仅如此，还能针对

↑ 八达岭隧道完工后，竖井的井口就改建成通风楼。

施工情况，设计和制造机器。我们用的三臂凿岩台车、混凝土喷射机械手、自制拱架安装机、自制锚杆钻机、全液压可调试超大断面衬砌台车、自行式仰拱栈桥、自行式水沟电缆槽模板台车，等等，真的是各显身手，什么都能干……

另外，隧道穿越世界文化遗产——八达岭长城核心区。一处并行水关长城，两次下穿八达岭长城；还有两处浅埋，一是下穿石佛寺村，最小埋深 10 米，二是下穿老青龙桥站，最小埋深仅 4 米。这给我们提出了新挑战，同样是用炸药，爆破技术必须消除对周围环境和文物的影响，还要避免对相邻洞室围岩及支护结构的损伤，最终保证地表"零沉降"。

嗯，听着也感叹。不过我想我们也只是听懂大致意思而已，对具体场景和专业描述并没有很强的概念和印象。

那天，从北京去张家口，来回车次都不停八达岭长城站，但我很想看它一眼。

去的时候，一过清河就盯着窗外，山来了，隧道来了，大约10 分钟掠过了五六个长长短短的隧道，然后一下子就豁然开朗。山远了，水来了，居然到了官厅水库。没看见地下站啊。回来时再次睁大双眼，仍然没看见。

真奇怪，即使车速快，也能看到站台吧，即使看不清站台，也能看到一片开阔的灯光吧？我忍不住打电话问，人家说，那是个暗挖洞群车站呀。

对，我说，我知道是复杂的暗挖洞群车站……哎呀，我恍然大悟。不用说了，不止一个山洞。

隧道是单洞双线，而到了车站，变成三洞四线。连上下车都是分开的，单洞单线，何况我只是在此经过。根本就没走那个有站台的山洞！

回来给别人讲自己如此"糗"的故事，别人关注点不在我，却在山洞。挖那么多洞！他们说，太"奢侈"了，詹天佑地下有知，得多羡慕、多感慨啊。

我笑着传话："如今的施工和过去可不一样了，机械化程度和设备的先进，超出你的想象！"

2019 年，世界隧道协会在北京召开大会，特别邀请京张高铁八达岭隧道项目部出席会议、介绍施工方法。大会还组织参观了八达岭隧道和地下八达岭长城站，各国专家学者纷纷伸出大拇指，"good!""great!"赞美之声不绝于耳。

毫无疑问，中国人已经掌握了长大隧道的挖掘技术。无论公路、铁路，逢山开道，不在话下。

回望古今，可以笑傲百年风云。但是，仅仅回望是不够的。

2016 年 12 月，全球最长的铁路隧道——瑞士圣哥达基线隧道，历经 17 年终于凿通，57 公里，加上延展的相关通道，贯穿阿尔卑斯山区的隧道总长达到 151 公里。它埋深约 2400 米，头顶巍巍群山，任由南北往来。

回到书桌前。我想，历史的隧道太漫长，知识的海洋太浩瀚，一个人的生命太短。许多东西，我们的确无法顾及。

不过，如果我们利用生命中有缘的瞬间，努力触碰相遇的事物，多了解一点，多懂得一些，多有感悟，多好。

听过一首诗，记住了其中的句子：

你活着的时候每一个瞬间都是你的

你的躯体将属于尘埃

你的灵魂将随风而去

只有你活着的时候所度过的每个瞬间属于你

## 姜妮很亮丽

一

这是什么？橘红加古铜的色调，规则对称的造型，厚重坚硬的质感，细腻精巧的设计。

詹天佑纪念馆的同志说，这是詹天佑先生保存下来的姜妮自动车钩模型，是美国克里夫兰国家玛钢铸造有限公司仿照真实车钩制作的，由钩头、钩身、钩尾三个部分组成，体积虽不大，却能演示自动连接与断开的功能。

原来是詹天佑的收藏。他这样描述过：

车钩其式如两手相勾，触机自能开合，译音姜妮车钩。

我顺着他的目光看过去，真的如两手紧紧扣握在一起，如父母与孩子的手，至爱亲情；如夫妻恋人的手，恬静亲密；也如老战友、好朋友，临危时不惧，困厄时不弃，坚持拉住对方的手。

姜妮车钩原始名称为 Janney coupler，曾译作詹妮车钩、詹氏车钩，姜妮、姜坭、姜尼车钩，郑氏自动挂钩、郑氏车钩等。它是美国工程师姜妮·汉密尔顿发明的，后来作为标准配件应用于美国铁路。

自动车钩用铁铸造，分别安装在车厢的两端，两只钩手由钩锁连接。车钩通过撞击紧紧扣死、连接车厢，需要分离时，只需提起钩锁，车钩即打开，车厢便分离。

车厢是个大家庭，火车是流动的社会。姜妮车钩分分合合，循环往复，把一个个家庭不断地连接、组合，生出无数的喜怒哀乐、悲欢离合。

姜妮车钩也有自己的故事。它因为一个偶然事件来到京张铁路，因为詹天佑，走遍了中国。

二

1905 年 12 月 12 日，在京张铁路的起点丰台柳村，到处洋溢着喜悦的气氛。按照计划，第一段工程的路基已经顺利完成，可以铺轨了。筑路的工人和围观的群众都兴高采烈，参加铺轨仪式。

詹天佑穿戴整齐，庄重的神情掩不住内心的激动，他最懂得铺轨意味着什么。他凝望那些道钉，他明白道钉虽小，却是多么重要！

他做深长的呼吸，然后在第三根枕木钢轨的外侧，稳稳地打下了第一颗道钉。那一刻，他感觉铁路人都应该像道钉，为了火车的飞奔，把自己淬炼得过硬，值得信赖、坚守职责、永不松动。

陈西林工程师在对面打下另一颗道钉，然后上百的工人一拥而上，开始铺轨。

然而没多久，工地上发生了事故。一列运送材料的工程车在临时便道上正走着，忽然车体分离，有一节车辆脱轨，原因是连接车辆的车钩链子意外断裂。好在工程车本身不长，速度也慢，没有什么大的伤害。

消息传开，有人担心京张铁路出师不利，前途难料。有人原本不相信中国工程师能修此路，这回似乎得到证实，借机夸大，散布

⊕ 车钩其式如两手相勾，触机自能开合，译音姜妮车钩。

危言。

詹天佑不在意别人说什么，但高度重视这件事，他赶到现场仔细察看。这种链式车钩当时在我国普遍使用。看上去，日久陈旧，金属老化，生锈易断，感觉换一个就行了，挺简单。

简单处理工程问题不是詹天佑的风格。虽然他不是车辆专家，但他追根寻源，寻找问题的关键。

他发现这种链式车钩本身有缺陷，即使是新的，接头也不够牢固，铁链又没有弹性，列车在平地行驶问题不大，但当列车增加承重，尤其是爬坡或转弯时，铁链就可能拉断。另外，车钩连接时的操作方法，给工人带来很大的安全隐患。想到京张铁路关沟段将是前所未有的大坡道，火车爬坡必然对车钩有更高的要求，詹天佑得出结论，不能使用这种车钩。

他立即着手寻找新型车钩。在朋友的帮助下，他买来了姜妮自动车钩模型，上下左右研究了一遍。没有问题，只是造价高。

他和同事反复进行资金核算，虽然京张铁路预算紧张，平时大家都很节约，能省则省，但最终他们还是决定不计成本引进这种车钩，用于全线所有车辆。

这是中国铁路首次使用这种自动车钩。实践证明，姜妮车钩不仅牢固，而且十分灵活，具有旧式车钩无法比拟的优越性。

## 三

京张铁路在我国铁路史上开了诸多先河，其中一项是制定了一套工程标准。

在此基础上，詹天佑上书清政府，对统一全国铁路工程标准提出具体意见，其中就建议全国铁路使用运行更加安全、操作更加简便的自动车钩。

此后，姜妮自动车钩在中国各条铁路线上推广。

这很难得。因为当时这种车钩在欧洲还没有普遍使用，在我国推广之后，欧洲才全面推广。可见詹天佑对世界前沿科技的把握，对先进技术的敏感。

后来，茅以升在担任中国铁道科学研究院院长期间，多次对车钩进行改进。直到现在，除了动车组外，我国铁路仍然使用这种自动车钩的升级版。

## 四

事情并未结束。还有"正名"的故事。

京张铁路胜利建成，极大地增强了国人的自信心和民族自豪感，加上自动车钩在全国使用，一走而红，备受称赞，人们开始善意地诠释和传说车钩的身世。

因为自动车钩也曾翻译为"詹氏车钩"，又是詹天佑引进和推广的，所以很多人认为自动车钩的发明者就是詹天佑。甚至有人讲得绘声绘色：詹天佑夫妇执手相扣，互相扶持，在一起走路时有了灵感，遂发明"詹天佑钩"，即为"詹氏车钩"。

詹天佑尊重事实。他多次在公开场合说明这件事，强调姜妮车钩并非他的发明，他只是建议推广使用。后来詹天佑亲自编著《新编华英工学字汇》一书时，特意将自动车钩的译名改为"郑氏车钩"，完全避开"詹"字译音，也避开有些接近的"姜"字，以便彻底防止误解。这是詹天佑恪守的做人准则，他常说：

> 勿屈己以徇人，勿沽名而钓誉。以诚接物，毋挟褊私，圭璧束身，以为范则。

有意思的是，在詹天佑身后，很多中国人不答应，不能接受这个"正名"。

凌鸿勋（字竹铭）是铁路工程和中国近代交通史研究专家。他比詹天佑小很多，但作为下属，一起做过铁路标准化工作，同是中华工程师学会会员。20世纪30年代，他主持修建过陇海、粤汉等铁路，后来移居台湾。我手边有一本《詹天佑先生年谱》，是他编著的。

就在这本书里，附有对姜妮车钩"正名"的内容。结果书一发行，很多人写信写文章，向他提出抗议。

有人说，你不能这样讲，中国在工业机器时代是落后的，只有这一点发明，大家已经公认，还能给后代一些鼓励，否则，实在苍白。

有人说，你为何不早讲，此时此地，会破坏国民心理……

也有人说，请你注意自己民族的尊严……

还有人说，诋毁中国，居心何在？

与此同时（20世纪五六十年代），也还有一些铁路学者在书籍文章中，坚持说詹天佑发明了自动车钩，并通用于全世界。

我再端详这个模型，"车钩其式如两手相勾"的样子有点像中国传统的太极图。太极图黑白两鱼阴阳化合，也似这样盘桓纠结在一起，互相对立，互相依存，传递出各种信息。

无极生太极，太极生两仪，两仪生四象，四象生八卦，八卦演万物。简单又神秘，好像能够解释宇宙间的一切问题。

据说，创立相对论的大科学家爱因斯坦和写出《中国科学技术史》的英国博士李约瑟，还有17世纪出生于德国的哲学家、数学家莱布尼茨，他们都关注过中国古老的太极文明。莱布尼茨完成二进制数学的研究，还得益于传教士鲍威特从中国得到的两张"易图"，而"易图"源于"古太极八卦图"。

漫长的中国历史，有辉煌的文明，也有无奈的落后。辉煌是不争的事实；落后就学习、实干、追赶，重见辉煌。

我看，虽然自动车钩不是詹天佑发明的，也一点不影响詹天佑带领中国人努力建成京张铁路这一壮举。发展是硬道理，在那样的中国，詹天佑尝试各种办法、利用各种技术，建成并建好这条路，他做了很多，做得很棒。

踏实地发现、客观地承认、努力地学习一个人的好，比把自己的想象、期望、要求，强加给一个人更重要。

就像对待一处风景、一个古迹，重要的是发掘和恢复它原有的东西，它的真实内涵、它的沧桑印记、它的恒久的美，而不是简单粗暴地把它改造成我们以为，或者我们想要的样子。

五

离开这个模型的时候，又听到一件事。

2012 年，中国铁道博物馆启动馆藏文物定级工作。最初，考虑到"姜妮自动车钩"只是一件来自国外的实物模型，遂将其定为二级文物。

后来，国家文物鉴定委员会的专家们深入探讨，认为该模型见证了詹天佑重视铁路工程标准化，并积极推广先进技术，以求全国铁路安全运输四通八达，具有十分重要的意义。

最终，姜妮自动车钩模型被鉴定为国家一级文物。

"看来我们当初有些保守啦。"博物馆的同志笑着说。

我觉得那笑容爽朗真诚，有一种视野，有一种境界，很阳光，很灿烂。

## 钢轨那些事

一

中国铁道博物馆詹天佑纪念馆陈列着一段钢轨。灯光打上去，清晰地看到侧面凸起的铭文："COCKERILL 1905 IPKR"。

"COCKERILL"是比利时郭克里尔钢铁公司；

"1905"是生产年份；

"IPKR"是"官办京张铁路"的英文缩写。

这是詹天佑专门订制的重型钢轨，已经有100多年的历史。

郭克里尔钢铁公司始建于1817年，是当时比利时最重要的钢铁生产企业。它与中国近代铁路，以及钢铁产业关系密切，曾为汉阳铁厂供应生产设备，也为卢汉铁路（卢沟桥至汉口，也即后来的京汉铁路）制造过钢轨。

1894年至1904年，这个公司先后向汉阳铁厂提供了30余名

工程技术人员，汉阳铁厂也曾陆续派遣 40 人到郭克里尔学习，回来后成为我国首批钢铁生产的技术骨干。

　　说到汉阳铁厂，我们并不陌生，甚至可以说它大名鼎鼎。有人问，汉阳铁厂也生产钢轨，詹天佑修建京张铁路时，为什么要从国外进口钢轨呢？

　　这涉及到中国近代创办实业的辛酸，中国近代工业发展的艰难。

　　二

　　张之洞是洋务派后期的代表人物。1889 年，他调任湖广总督，先后建立湖北铁路局、湖北枪炮厂、湖北纺织官局，并开办大冶铁矿、内河船运和电讯事业，修筑卢汉铁路，还力促修筑粤汉、川汉等铁路。

　　早在来湖北之前，张之洞就上书朝廷，主张修建从卢沟桥到汉口的铁路，贯通南北，得到朝廷的认可。要修那么长的铁路，少不了大量的钢轨，但当时中国的钢铁工业一无所有。

张之洞决定，建造中国的炼铁厂，直接为卢汉铁路生产钢轨。

这不容易。钢轨对钢材的要求高，同样的小瑕疵，在钢筋等建筑材料中没什么问题，但在钢轨上就可能导致道路断裂、列车事故。连李鸿章都认为自产钢轨难以实现，他告诉张之洞："炼铁至成钢轨、铁桥、机车，实非易事。日本铁路日增，至今工料皆用土产，惟钢轨等项，仍购西洋，非得已也。"

但张之洞主意已定。于是兵分几路，聘请专业人才、找煤矿、选厂址、筹集资金、进口机器设备……

1893 年 10 月，汉阳铁厂正式建成，有 5 座炼铁炉，于次年 6 月开始运作，包含了"采矿、炼铁、开煤"三部分，是我国第一家近代钢铁联合企业，其规模为亚洲第一。

可是进展并不顺利。

首先是飞来横祸，张之洞遭到举报，所列之罪都与他办的实业有关，朝廷下令彻查，虽最终无事，毕竟也元气受伤。

其次是原料和设备不理想。1896 年汉阳铁厂开始炼钢，并试制钢轨。初期煤炭质量欠佳，所进口的贝塞麦转炉，属于酸性炼钢炉，无法充分地去磷，炼出来的钢因含磷太多，韧性差、易脆裂。

直到 1905 年以后，"购置新机，改造炉座，聘请外国新的工程师"，全面改用西门子的碱性马丁炉炼钢，这样，汉阳铁厂生产和销售的优质钢材才逐年增多，渐渐成为中国钢轨的最大供应商。

三

有一根长 9 米、两端各有两个螺栓孔、清晰标着"99 汉阳铁厂造"铭文的钢轨，被中国铁道博物馆视为珍宝。

"因为它比较长，我们也不舍得截取，所以没法放在正阳门馆和詹天佑纪念馆，而是收藏在东郊馆。"博物馆的副馆长黄虎介绍说，"它是我们在北京城建集团货场专用线上征集来的，那是早期京汉铁路上的一条专用线。"

这根 1899 年"汉阳造"的钢轨，从时间上推断，是汉阳铁厂采用贝塞麦转炉炼制的，现在存世稀少，属中国近代洋务运动创办民用工业的重要见证，也是我国早期工业生产状况和技术水平的真实体现。

京汉铁路全线铺设的钢轨主要有两种。一种是 37.7 公斤钢轨，由比利时和我国汉阳铁厂制造。另一种是 42 公斤钢轨，由比利时和法国制造。

民国政府曾经对京汉铁路使用的钢轨损毁状况进行调查，发现汉阳铁厂钢轨的损毁率达到 93% 以上。由此可见，汉阳铁厂早期钢轨质量不过硬，保留下来实属难得。

2009 年 11 月的一天，铁道博物馆的工作人员驱车赶往正在拆除的广安门车站，根据经验，在一些老火车站会发现铁路文物。果然，在货场的轨道和棚架上，存有大量的近代钢轨。铭文显示，这批钢轨时间跨度大，涉及国家多，有中国、英国、比利时、德国、美国、日本等六个国家。其中一根短短的已经有所残损的钢轨，所铸铭文为"1902 汉阳铁厂造"。

事隔 10 年，铁道博物馆的同志再一次满怀喜悦到北京西站去迎接"宝贝钢轨"。

2019 年 8 月 28 日下午，宝鸡机车检修厂职工高君健、杨雨时在为中标单位清运废旧材料时，意外发现了一段锈迹斑斑的钢轨，轻轻抹去侧面的泥沙，凸起的铭文逐渐清晰起来："1901 汉阳铁厂造"。两人既惊讶又兴奋，马上打电话，一边向上级汇报，一边请求中标单位留下这根钢轨。他们的努力没有白费，这段跨越世纪的"汉阳造"钢轨得以保全，被护送进京。

我为铁道博物馆高兴，为汉阳铁厂高兴，也被人们对文物孜孜以求、协力呵护的行为所感动。

文物是逝去时光中同类物品的幸存者，是事物发展的实物见证。博物馆里的钢轨，让我们看到铁路发展的轨迹，也看到中国钢铁工业艰难起步的印记。

四

我想，在詹天佑看来，汉阳铁厂早期钢轨的品质对于冬季寒冷、地势复杂的京张铁路而言很不适宜，更无法满足重点线路的重点要求。毕竟，铁路安全大于天。

事实上，京张铁路也并非全用进口钢轨，而是用在重点路段、重点部位。《京张铁路工程纪略》记载：

> 本路凡正道车站停车道岔等处均用每码重八十五磅之钢轨，货栈道岔则用重六十磅者。

钢轨有不同的规格，钢轨的重量与所承受的压力、速度成正比。钢轨并不便宜，在铁路成本中占有很大比重。

为确保京张铁路关沟段 33‰的坡道行车安全，詹天佑在经费紧张的情况下，还毅然决定采用一部分英国山伯型（Sandberg）硬质钢轨，其质量超群，在当时的美国还少有使用。不仅如此，因为钢轨与联结零件、枕木，以及防爬（防移动）设备等紧密相关，为保证安全，詹天佑再给钢轨设计一道保险：工人们在每节钢轨中部钉一块鱼尾夹板，固定于一块额外的枕木上，枕木用黑柏油灌透，以便经久耐用。

其他侧线和货场等线路对钢轨的要求没那么高，为了节约成本，詹天佑向关内外铁路和新易铁路购买了大量旧钢轨、鱼尾板螺栓、道钉及道岔等。据说京张铁路后期也铺设了汉阳铁厂后来所产的钢轨，轨重每米 43 公斤。

从钢轨来看，詹天佑对于线路质量既有高标准、严要求，又有针对性，因地制宜，颇费了苦心。

## 五

新中国成立后，钢轨成为铁路乃至国家发展的重要组成部分。

20世纪60年代，我国自主生产钢轨，最轻的每米18公斤。后来随着铁路运量增加、国家实力增强，着力研发重型钢轨，从每米43公斤、50公斤，增加到每米60公斤。

说到60公斤，有一个钢轨切片的故事。

2002年，刚成立不久的中国铁道博物馆来了一位儒雅和善的老人，他是铁路工务工程专家冯先需先生。他带来一个精美的钢轨切片，恋恋不舍又态度坚决地捐给博物馆。

这个切片虽小，却意义非凡。

原来，新中国成立之初，全国铁路干线使用的杂型钢轨和磨损严重的钢轨面临着需要更换的压力，而我国没有制造重型钢轨的能力。

1964年，铁道部正式对铁道科学研究院和铁道专业设计院下达了设计重型钢轨的任务。然而，刚刚有了方案，"文化大革命"开始了。

直到1976年12月21日，鞍山钢铁厂终于在项目重启后，按照设计，试轧出符合要求的钢轨。这就是我国自行研发、成功轧制的第一根每米60公斤钢轨，是我国在重型钢轨生产上的重大进展。

为了留下纪念，人们从这根钢轨上切下一个断面，打磨，抛光，刻字，作为历史见证，保存在当时的项目负责人冯先霈手中。

现在，我们的大秦铁路钢轨每米重 75 公斤，它所承载的运煤专列由 2 台机车一起牵引，有 210 节车厢，载重超过 2 万吨。而凭借我国无缝钢轨焊接技术，一根钢轨可以有 500 米长，重达 30 吨。

六

追根溯源，钢轨来自铁轨，铁轨来自将铁片钉于木头轨道上，比木头轨道更早的是石板铺成的轨道——石轨。

原始的轨道出现在古希腊，是马车的专用道。人们发现车轮在轨道上转动，比在地面的摩擦力小、载重量大、运行顺畅、速度加快。随着欧洲钢铁工业兴盛和蒸汽机的发明，铁路成为最典型的轨道交通。

钢轨纵横于大地。钢轨引导火车前进的方向；钢轨支承车轮，承载重量，虽说火车载重的压力可以通过钢轨、轨枕、道床、路基，层层分散在大地上，但显而易见，钢轨仍然是最直接、最重要的承重者；在铁路自动闭塞区段，钢轨还成为轨道电路的重要导体；在智能京张上，钢轨与相关设备一起实行监控，为自动驾驶的高铁列车保驾护航。

在过去的很多年里，我国一般钢轨的长度为 12.5 米或 25 米。铁道由一根一根的钢轨连接铺成，因为考虑膨胀系数，钢轨与钢轨连接处需要留有缝隙。这些缝隙不仅给我们的火车旅途带来"咣当哐当"有节奏的震动，还直接影响火车运行速度。

当我国自主研发出无缝钢轨焊接技术，钢轨便从 25 米、100 米，延长到 500 米，甚至更长，打造出"铁路无缝线路"。高速列车运行在这样的线路上，可以说是静悄悄地贴着钢轨飞行。

京张高铁开始铺轨的时候，我来到中国铁路北京局集团有限公司工电大修段焊轨基地，被钢轨的阵势吓了一跳。

29 台大红的龙门吊车，16 道紧密衔接的工序，新的焊接工艺。于是，钢轨们像待命的士兵一样，整齐地排列在宽阔的存轨台上，每根钢轨竟有一里地那么长！

基地负责人十分骄傲地告诉我，2008 年，就在这里，中国第一根由百米定尺轨焊接成的 500 米长轨，被徐徐吊起，运往中国第一条高铁。现在，这里又承担了京张、京雄城际铁路的钢轨焊运任务。

两条长长的生产线，一个大大的宣传栏，玻璃窗里镶着醒目的大字："一个焊头等于一千个生命"。这里不允许丝毫的马虎，钢花飞溅的背后，是一次次技术试验、参数认证，是操作标准细化到每个工位。这里也不允许任何懈怠，每个班组都提炼出自己的警句箴言。箴言虽短，却让钢铁有了文化的熏染。比如我一下子就记住了，给钢轨接头进行粗打磨的班组是："粗中有细"；用 20 多台吊车共同移动长轨的班组是："步调一致"。

七

我的窗外不远，有一条南北延伸的铁路，火车开过去的时候，就剩下钢轨。

钢轨永远匍匐在地，所有的潇洒都奉献给不断增加的压力，所有的克制都用于缩小自己的阻力，所有的心愿就是让火车安全、平顺、快速地开过去。

有钢轨的地方就有铁路人。筑路者开山架桥、追风逐梦；守护者踽踽行走在旷野深隧；列车"医生"通宵达旦检修车辆；带"电"的人们时刻盯住升级的信号机、变电设备；"高铁玫瑰"身穿短裙在寒冬里频繁出入站台与车厢，为旅客绽放靓丽与温馨……

有钢轨的地方就有执着与奋战。抗击洪水抢通正线的脊梁汗流浃背；"空中走廊"上的接触网工在暗夜里像"特种兵"那样查验电路；偏僻小站见证列车员夫妻分别值乘，在列车交会时珍惜短暂的相逢；春运来临，八方支援的铁路人舍小家为大家；还有大桥吹冰、列车清洁、夜间大施工、昼夜不停紧张而枯燥的客货列车集中调度……

有钢轨的地方就有"火车头"。"毛泽东号"机车在全国产业界旗帜飘扬榜样先行。从解放战争、抗美援朝，到国家建设、抗震救灾，它用蒸汽机、内燃机、电力机，牵引着货车、客车，哪里需要就到哪里去，报效祖国、永当先锋，连续安全走行上千万公里。跟在它身后，有那么多学习"毛泽东号"的先进司机，有那么多铁路的光荣榜、劳模墙，有那么多响亮的名字、感人的事迹。

钢轨是铁路的根本。钢轨的坚韧和担当，就是铁路人的坚韧和担当；钢轨的里程，就是铁路运营的里程。

看一看中国铁路图，那红色的干线像血脉相连；那蓝色、黄色、黑色、绿色，各种颜色标示的线路，像五彩的丝线在山峦丘陵穿梭，像神奇的蛛网越过江河湖泊，像植物在大地上茁壮成长，生机勃勃。

当代的铁路建设者再也不用像詹天佑那样，为钢轨的种类和质量担忧，为钢轨的延伸交错费尽周折。

即使这样，人们不会忘记那些辉煌过、磨炼过、损伤过，退役和消失的钢轨。

镌刻着"COCKERILL 1905 IPKR"铭文的那段钢轨，是时隔82年后，中国铁道博物馆从原北京铁路分局北京工务段南口养路领工区征集入馆的，馆藏至今，被鉴定为国家一级文物。

# 跨时空的桥

一

桥，原是一种乔木，因为高大，被我们的祖先砍下来搭在小河上。东汉许慎在《说文解字》中曰："桥，水梁也。"后来独木桥不够用了，先人们用各种各样的材料，筑造形态各异的桥，让不可能有路的地方凌空有了路。

我国古代桥梁建造成就辉煌。古桥以木头和石材为基本原料。

木梁桥和木拱桥以木墩为基，加以木梁，铺设木板。也有整座桥都是木头的，保留下来的不多。

石梁桥和石拱桥分布最广，如今仍有大量的留存。石梁桥用石板平铺为桥面，有的在上面建廊屋，形成廊桥，可以躲避风雨；石拱桥同样用石头，造型多样，有的桥面呈半月状拱起，有的桥身砌筑大小拱洞，既有利于过水，又增加桥的美观。

另有浮桥、索桥等，作为临时之用，遗迹甚少。

凡事都有代表。赵州桥建于隋朝，由李春设计，是世界上现存年代最久、跨度最大、保存最完整的单孔石拱桥；卢沟桥建于金，是石造多涵孔圆弧联拱桥，被马可·波罗称为世界上独一无二的桥；苏州市郊的宝带桥成于唐代，全长 317 米，薄墩扁拱，有 53 孔，是中国现存最长的古代石拱桥。

西安附近的灞桥，最初为石梁桥，距今有两千多年；宋代泉州、晋江一带先后建造了近百座石桥，其中洛阳桥是我国第一座跨江接海的大型石梁桥；安平桥总长 2500 米，是我国现存古代最长的梁式石桥。

二

到了近代，中国桥梁的辉煌戛然而止，桥梁的自主发展几乎停滞，绝大多数桥由外国人设计和建造。铁路桥尤其如此。据有人统计，晚清时期，中国建有铁路桥 6000 余座，民国时期 7000 余座，放在一起，真正由中国人自建的，寥寥无几。

詹天佑初露锋芒，脱颖而出，源于一座桥。

在前面"降大任于斯人"中，提到过滦河大桥的修建。在各国工程师一筹莫展的情况下，詹天佑带领中国工人重新勘测设计，采用了气压沉箱法施工，建成了当时全国最长的铁路桥。

"气压沉箱法"是什么？有人说它是新技术，也有人说它在美国由来已久。无论如何，可以肯定的是，詹天佑首开我国使用气压沉箱法造桥之先，在后来国内桥梁建造中被多次使用。

所谓"沉箱"，就是制作一个有顶无底、密不透风的工作室，如同倒置的大箱，在顶盖上安装井筒和气闸，供人员、沙土和材料进出，同时保持固定气压。

施工时将这个倒置的大箱沉入河床指定的位置，通过压缩空气阻止河水和泥沙的渗入，直到河底露出。工人们在无水的箱内开挖地基，并浇筑混凝土。随着挖掘深入和箱内混凝土的填筑，巨箱就会靠着自身的重量逐渐下沉。当沉到预定深度后，工人们检验地基，并用混凝土把巨箱填满填实，完成桥墩基础的浇筑。

最初有人担心沉箱漏水，不敢进去，詹天佑换上工作服，亲自进到沉箱里指导作业，与工人们一起挖泥、灌浆。

终于，桥墩一座接一座跃出水面，就像鲤鱼跳了龙门。这一跳，不仅跳出了近代中国桥梁建造的新乐章，而且跳出京张铁路怀来河大桥的前奏，跳出京张铁路的序曲。

三

那个夏末秋初，卢沟桥落日熔金，西面的山辽远而清晰可见。河的两岸，大片田野透露出丰收的喜悦，芦苇又高又密，微风吹来，轻轻摇摆。

桥上走来一个人，脚步沉稳，目光坚定，他顾不上欣赏四周景色，径自研究起这座桥来。他是詹天佑。

典型的石造拱桥。他看到，桥体都是石结构，关键部位有银锭铁榫连接。桥墩的造法颇有特色，桥上几百根栏杆望柱都雕刻着狮子，石狮子大小不等，情态可掬。

俗话说卢沟桥的狮子数也数不清，詹天佑可不想数狮子。桥东碑亭里有乾隆题的"卢沟晓月"汉白玉碑，詹天佑也不关心"燕京八景"。

他关注技术，无论新的，还是传统的。此次来，他心中装着京张铁路大大小小的桥，思考着最佳的造桥方案。

南口至八达岭这一段山高水急，沟多谷深，需要建桥较多。詹天佑勘测后认为，如果都架设钢桥，所需材料国内尚无法制造，如果从国外进口，不但价格昂贵，而且来货时间不定。不如学习借鉴传统的造桥工艺，建造一些混凝土石拱桥。

于是，中国石拱桥那些优美的弧线飞越千百年，在京张铁路的图纸上获得新生。

不用钢梁，只用国产水泥和山野石头修筑的拱桥，既美观实用，又减少了外汇开支。山里20座桥梁中有13座为混凝土石拱桥，沿用至今。

所有的桥梁墩台，以及河堤、护坡、挡土墙，多用石料砌成，同时采取混凝土掺加石片的措施，经济实惠。油黄沟桥的记载说：

⊕ 山里 20 座桥梁中有 13 座为混凝土石拱桥，沿用至今。图为窑顶沟二十四号桥和战沟二十六号桥。

所打洋灰沙，除墩帽外，其余皆加入坚硬片石，但片石上下四面相离至少须有六寸。不但此桥洋灰内加入片石，他桥及他项洋灰工程，凡厚宽高长各逾二尺者，均一律照加，省洋灰故也。

四

人类的石桥被铁桥取代，是18世纪末的事。此前，一些国家掌握了炼铁方法，将铸铁和熟铁作为建材，铁桥便应运而生。

北来在《百年火车》中介绍，铁路之父乔治·史蒂芬森同样被视为世界铁路桥第一人，因为他有创造性的理论。他的儿子罗伯特·史蒂芬森则在19世纪中叶设计建造了当时最好、最长的铁路桥。巴黎埃菲尔铁塔的设计者埃菲尔，也在一条铁路线上建了4座高架铁桥，他发明了被后人称为"顶推法"的施工技术，还为葡萄牙皇家铁路修建了造型独特的桥。紧接着，美国也建了各种铁路桥。

英国人发明炼钢炉以后，钢的承压强度逐步加大，比熟铁增加20%。用钢造桥，强度高、自重小、跨度大。1874年，美国第一座钢桥伊兹大桥建成，公路铁路两用，在世界上具有诸多代表性。高弹性、耐磨耐腐蚀的低度铬钢是其主要材料。

而后，比铬钢造价更低、强度更高的钢材作为建筑材料广泛用于桥梁建造。20世纪，最强最硬的钢筋混凝土霸气出现，悬索桥和斜拉桥等相继兴起，使人类的跨越能力进一步增强。

京张铁路的怀来河大桥是全线164座桥梁中最长的桥，必须用钢。大桥设6座桥墩，2座桥台，长213米。7孔钢桁梁由英国制造。

这是京张铁路的又一个关键，詹天佑与负责这段工程的工程师翟兆麟一起研究方案，提前开工。

他们先用骡车，一趟趟将钢梁分批运到工地，然后通过农用灌溉水车抽水、人力拉拽落锤打桩，一边铆接钢梁，一边建造桥墩。1907年冬开工，1908年4月竣工，在钢轨尚未铺到此处时，大桥便圆满完成，有效缩短了京张铁路整体施工进程。由于大桥地处怀来河的一个转弯，侧面易受冲刷，1909年夏又修建了防水大坝。

这座桥几乎是整个晚清时期由中国政府出资、中国人自主设计、自主建造的唯一的大桥。

五

还有两个关于桥的插曲。

1907年11月，詹天佑忽然接到邮传部的命令去一趟郑州，调查京汉铁路郑州黄河大桥的稳固问题。

这座桥是比利时建的，位于郑州之北，属特大型桥梁。由于水流险急，而桥梁设计施工有问题，不仅列车过桥的时速被限制在10至15公里，而且刚建成不久就有一座桥墩出现倾斜，不得不用投石的方法加以维护，结果一两年间，投入河中的方石多达十余万块。而石头会阻塞水流，危及河堤，引起河南地方官员的忧虑。

詹天佑勘察后提出最好移桥换址重新建造，或者下力量整体加

⊙ 京张铁路的怀来河大桥是全线 164 座桥梁中最长的桥。

固。比利时公司未接受建议，只是不断地维护。1958 年夏，大桥被特大洪水冲毁了一座桥墩，两孔钢梁落水，造成京广铁路一度中断交通。周恩来总理亲临现场，鼓舞职工和技术人员进行抢修。1987年，这座"黄河第一铁路桥"完成了历史使命。

1909 年，詹天佑又被派往济南，以津浦铁路参议、邮传部顾问的身份，审定津浦黄河大桥的选址与工程设计、经费预算等。

津浦铁路由清政府向德、英两国借款，从南北两端分头兴建，其中济南黄河大桥是关键。关于桥的位置，德国公司与山东各界的官绅提出了不同的意见。

詹天佑对几处拟选址考察比较，逐一分析，表明了取舍。大桥最终定址在济南城北，由德国公司承建，詹天佑等中国工程师审核。此桥 1912 年建成，其载重标准高，质量好，历经多次战争、洪水，仍然屹立于黄河之上。

两座桥与詹天佑的交集充分说明，当年的滦河铁路大桥早已为詹天佑、为中国工程师，奠定了威信。

六

民国期间，只有少数桥梁由中国人自行建造，茅以升主持修建的钱塘江大桥是最出色的代表。杭州西湖宛若天堂，钱塘江潮天下闻名，钱塘江大桥地处杭州西湖之南，是中国历史上第一座自行设计建造的双层现代化铁路公路两用桥，1937 年秋建成通车。

　　然而这样一座美好的、让中国人自豪的桥，命运却非常坎坷，在通车后仅仅 89 天就被炸毁了，炸桥的不是别人，正是桥的总设计师茅以升。因为当时日本侵略军已经开始袭击南京、上海，战火迫在眉睫，必须阻断日军南下，不能让这座桥落入日寇手中。

　　在炸桥的当晚，茅以升先生愤然写下八个字："抗战必胜，此桥必复"。此桥于 1948 年 5 月在茅以升的主持下，成功修复。后来在解放战争中，又有局部的炸毁、局部的抢修、多处损伤、全面修复，直到 1954 年初，才彻底恢复使用。

　　七

　　中华人民共和国的桥梁建设谱写了新的华章。

　　新中国成立伊始，铁路桥的建造就在中华民族两大母亲河上留下了"浓墨重彩"。

　　武汉长江大桥是新中国修建的第一座公路铁路两用桥，也是"万里长江第一桥"。这座桥由中国工程师设计并主持建造，苏联专家做技术顾问，1955 年动工，1957 年建成。此桥总让人想起毛主席诗词中"茫茫九派流中国，沉沉一线穿南北。烟雨莽苍苍，龟蛇锁大江"的沉郁悲壮；还有"才饮长沙水，又食武昌鱼。""风樯动，龟蛇静，起宏图。一桥飞架南北，天堑变通途"的欣喜豪迈。让人感受弹指一挥间，革命的现实主义和浪漫主义。

　　资料显示，詹天佑任粤汉铁路会办时，考虑到将来粤汉铁路与京汉铁路要跨江接轨，在复勘定线、规划火车站时，曾特意预留接轨出岔的位置。

郑州黄河大桥新桥 1960 年建成，是京广铁路在这里的第一座双线铁路桥。半个世纪后，这座新桥又被更新的京广高铁郑州黄河公铁两用特大桥、郑焦城际铁路黄河特大桥所取代。

南京长江大桥 1968 年通车，双层两用，4 车道公路、双线铁路，完全由中国人自己设计建造，全面采用国产材料，开创了中国自力更生建设大型桥梁的新纪元。津浦和沪宁铁路在桥上相接，称作京沪铁路。火车过江的时间由原来轮渡近两个小时变成几分钟。

2016 年的一天，我从大桥公园入口，数着雄伟高耸、棱角分明的桥墩，仰望护卫铁路整齐优美的钢结构，沿桥而走，一直走上桥头堡。守桥人说桥要大修，不久就封桥。我依然从悠长的桥身、恢弘的气度、火红年代的元素，看到大桥的英姿壮美，感受到"不可移动文物"不可否认的魅力。

至 20 世纪 80 年代初，新中国建成铁路桥梁 15000 座，其中特大桥 172 座。

改革开放以来，我国快速发展的建桥技术驰名全球，世界排名在前的跨海长桥、斜拉桥、悬索桥、拱桥，一半以上为中国建造。铁路桥梁建设自然进入前所未有的高潮，九江长江大桥、芜湖长江斜拉桥、贵州北盘江拱桥、拉萨河特大桥，还有建于风口浪尖上的平潭海峡公铁两用大桥……

近年高铁穿梭，总有新的大桥开工，新的大桥完成，一个比一个大，一个比一个有特点，一个比一个科技含量高，目不暇接，数不胜数。

京广武汉天兴洲大桥，下层 4 条铁路线，上层公路 6 车道，是世界上跨度最大、荷载最重的两用斜拉桥。商合杭裕溪河特大桥，是时速 350 公里无砟轨道世界最大的钢箱桁梁斜拉桥，其主梁形式在国内高铁首次使用。京沪南京大胜关长江大桥，全长 9 公里，跨水面主桥达 1.6 公里，为 6 线铁路特大桥。建成时，凭借高铁桥梁的四大特点，被誉为"世界铁路桥之最"。

八

怀来河大桥怎么样了？

在百废待兴、奋勇图强的新中国建设热潮中，在改革开放、砥砺前行的进程中，那座桥，也经历了一次次蜕变。

官厅水库关系国计民生，因为水库覆盖了常发水害的怀来河，所以怀来河大桥在使用 40 多年后，桥墩沉入水下，桥上的钢桁梁、枕木、钢轨被拆下来运走，在局部改线的京张铁路上建起了妫水河大桥。

妫水河大桥是一座 20 孔的钢梁桥，1955 年建成。但由于设计时未考虑冬季冰冻压力对桥墩造成的影响，通车后的第一个冬天就有六座桥墩被冰压裂。因为没有解决冰害的办法，在之后的又一个

⊕ 官厅水库特大桥是京张高铁建设的又一个控制性工程。摄影／刘权国

40 多年里，只能靠人工破冰和限制车速保证桥上行车安全。

　　1997 年底，一座新的大桥横空出世，钢架高耸，气势磅礴。这座新的妫水河大桥终于代替了病害重重的旧桥。旧桥的桥梁又被拆除，只剩下桥墩。每当列车驶入新桥，有如穿过宏伟的钢铁长廊，感觉颇爽。但也瞥见旧日朋友，那些在新桥旁边排列着的老桥墩们，一个一个，带着以往的记忆，默然而立。

　　历史迈入 21 世纪。

　　官厅水库特大桥是京张高铁建设的又一个控制性工程。主桥由 8 座 110 米的简支拱形钢桁梁组成。顶推法作业好似空中托举，通过架桥神器的神奇臂力，把一块块 1865 吨重的钢桁梁"积木"滴水不沾地递过水面，再搭建起来。

　　至于桥墩，有关人士介绍，建设者早早在深水中进行了大直径、深孔桩、严格环保的桥墩施工。不知建设者是否看见詹天佑那座怀来河大桥的桥墩，它们沉淀和等待，漫过了半个多世纪的光阴，终于在能载桥也能覆桥的水中，与新桥墩，相逢。

　　2017 年 11 月，随着最后一孔橙红色的钢桁梁顶推到位，京张高铁官厅水库特大桥主体结构全部完工，比预定工期提前 7 个月。

　　这样的提前完工，再次让我想起 1908 年，在钢轨尚未铺到的时候，怀来河大桥已经完工。

　　真是一脉相承。

第五章

詹公风采

詹天佑纪念馆也有一座铜像，和青龙桥车站的一模一样，只是规格不同，大小各异。

　　铜像上的詹天佑栩栩如生，他身穿礼服，佩戴荣誉勋章，左手拿手套，右手插在裤兜里，目光谦和专注，神情从容坚毅。一见之下，说不清哪种身份更多一些，我总是心生敬佩。

## 京张铸就辉煌

一

网上"00"后说，合群是平庸的开始，再微小的个体也要有自己的品牌。这话有个性也有意思，我知道企业发展就注重品牌。

有人剖析过中国茶叶史，几千年来，中国茶曾经一枝独秀大量出口，也曾经一盘散沙江河日下，如今在国际市场上虽然产量一流，但整体影响和竞争优势远远比不上英国、印度等种茶还不到两百年的国家，原因之一就是缺乏知名品牌。国内的千万家茶企比不上那一家"百年立顿、立顿红茶"。

品牌是构成独特形象的无形资产。对产品而言，品牌与品质相关。对一个人来讲，品牌关乎什么呢？

詹天佑是有品牌的。《詹天佑先生年谱》中说："人言'仁者必有勇'，先生就是这样的。""勇于敢为"是大家对詹天佑的评

摄影 / 王明柱

价。詹天佑嫡孙、编译过许多詹天佑书信资料的詹同济说：关键在于"勇"，而詹天佑"勇"的事例，莫过于建成京张铁路。

哲学家海德格尔说：有担当，才有自由。詹天佑勇于担当，所以能够随心所愿、放开手脚修筑京张铁路。

20 世纪初的中国不仅物质落后，整个社会都还没有走出封建、愚昧、保守的漫漫长夜。民智未开，官场腐败，一些朝廷命官颟顸无能而思想保守，共起事来常常掣肘。

苏东坡在《留侯论》中说过：

> 古之所谓豪杰之士者，必有过人之节。人情有所不能忍者，匹夫见辱，拔剑而起，挺身而斗，此不足为勇也。天下有大勇者，卒然临之而不惊，无故加之而不怒，此其所挟持者甚大，而其志甚远也。

詹天佑的"勇"也体现在与落后的官僚衙役们共事上，他不贿赂不谄媚，不惊不怒，耐心应对、屈尊往来、坚持原则，最终做成大事。

詹天佑有自己的"做官论"，他认为在当时社会，不可做官，又不可无官。不可做官，说的是不为做官而做官，有了官职，就要把权力用在多做事、做好事上；不可无官，说的是如果没有官职，就没有机会做事、做大事，就没有人跟随你配合你做成事。

有了这样的"做官论"，一方面，他非常愿意担任与铁路业务有关的各种"官"。另一方面，张勋复辟时宣布他为邮传部尚书，并派人到武汉去请，他断然拒绝；徐世昌任大总统时，想邀他入民国政府任交通部长，他也婉言谢绝，他说："做了部长，行政事务丛集一身，势必牵制（修筑铁路的）精力。"

做事难，做开头的事更难。在京张铁路修建中，他努力与缺乏科学知识的封建官吏周旋。即使呈送工作报告，也特别注意选用主事官吏容易看懂的词语，避免专业技术性的叙述。

在清政府的大多数官员看来，做官与做事从来就是两回事，但詹天佑却合二为一、成就大事，让人不得不服。

二

那个时代，人们对铁路的看法千奇百怪。先是骇为妖物，视作异端，极力排斥；然后有人崇洋媚外，不相信国人也能修筑铁路，讥讽嘲笑；再后来，又有人自以为是、无知傲慢，说什么"铁路无他，堆土、垒石、架木、盖铁而已！"

难道真的"无他"，只是"而已"？

铁路是一个复杂联动的体系，钢轨铺到哪里，火车、火车的供给、火车的维护修理、火车的运行调度、火车的信号、电力……就到哪里。

除了我们熟知的那些奋战，詹天佑和他的团队还要随时随地，解决那些人们没觉得难的难题，处理那些并不细的细节。

比如：

八达岭坡度大，火车怎样牵引？詹天佑殷殷写信给美国的同学：

　　此处有长约 12 英里的铁路，其坡道几乎连续为 1/30，又无其他线路可选，在这样的陡坡道上行驶的机车，你生产过没有？我们的车辆大多为 30 吨车，有没有可牵引 10 辆这样重车在这种坡道上行驶的机车？希望你告知我关于此种机车的价格情况（当然是蒸汽机车）。轨距为 4 英尺 8 英寸半，煤是烟煤，并非硬煤……

　　1907 年，詹天佑从英国购入 4 台"复涨式"蒸汽机车，就是后来命名的马莱 1 型蒸汽机。此种机车由工程师马莱设计，其蒸汽能够两次膨胀充分发挥热能；机车还采取活节装置，克服了动轮多、不易通过小曲线弯道的问题，是当时欧洲最大的机车。

　　从马莱 1 型蒸汽机，到后来陆续引进的 2 型、3 型，直到马莱 4 型蒸汽机，几乎都是专门用于关沟段长大坡道的机车。它们从体型到配置，共同的特点就是高、大、长、多、重，尤其是功率强劲，力大无比，外表看上去威风凛凛，实际操纵也必须技术过硬。

　　据说马莱机车的汽笛非常浑厚动听，马莱 4 型锅炉上的汽包前还装有风动铜铃，发车时用铃声警示站台上的人，回来时仍用铃声来发布通知。铁路家属区的人们每每听到进站的汽笛声、铃声，就知道火车安全返程，火车司机的家人就高高兴兴地摆上饭菜。

　　为解决机车整备、用煤、用水等问题，京张铁路还在沿线为火车修建了车库、煤台、水塔等设施，修建了西直门到门头沟、下花园到鸡鸣山的煤矿支线。

1906 年 7 月，首段工程快要竣工时，通车后设备的维护与运转成为迫在眉睫的事情，詹天佑和同事们商议在沿线修建能够停靠和维修火车的工厂。

于是，就有了南口制造厂和南口机车房。

南口制造厂也叫南口机车厂、南口机厂、京张铁路制造厂，是中国第一个国有铁路工厂，詹天佑首任厂长。厂内分八道工序八个部分，"一切规模，虽不尽完全，亦应有尽有"。

最初厂区狭长、房舍简陋、设备简单。铁路全线通车后，工厂不断扩大规模，到 20 世纪 30 年代，不仅能修理很多型号的机车、生产车辆配件，还能制造各种车辆。新中国成立后，铁路工业系统逐步形成，工厂按照专业化分工，连续多年承担全路的传动类配件生产，其归属从铁道部、北车集团，到"南北车"合并后的中车集团公司，厂名随之变换，如今为中车北京南口机械有限公司。有趣的是，当地机构和老百姓一直觉得它"高大上"，喜欢叫它"南口大厂"。让人欣喜的是，厂内的京张铁路历史建筑群与设备，被国资委发布为中央企业机械制造业工业文化遗产。

南口机车房最初因铁路将要进入高坡区段，为给上山的列车加挂补机，同时停靠机车、养护机车而设置。百年以来，它发展成南口机务段，又并入怀柔北机务段，直到今天，仍被赋予新功能，发挥新作用。

开火车的老师傅们称这里是"蒸汽机功臣聚集地"。因为，在

↥ 南口机车房因京张铁路而建。

京张铁路上做过特殊贡献的马莱1至4型蒸汽机；谢式、米卡多、太平洋、北英、播德威、欧节式蒸汽机车；摩格型、BD3型、PL7型、解放型、建设型、前进型蒸汽机车，都曾在这里栖息。

王雄在《中国火车头》中说，旧中国的蒸汽机车全都依靠进口，来自约10个国家的140多种机车车型在我国铁路上运行，因而我国有"万国蒸汽机车博物馆"之称。新中国在很短的时间内实现了蒸汽机车的国产化。我国蒸汽机车最鼎盛时期，1979年，全国铁路线上有7899台蒸汽机车奔跑着，其主力军是我国自行研发的大功率前进型。随着内燃、电力机车的普遍发展，到2005年底，蒸汽机车在中国铁路干线上完全退役。

回首京张铁路上有着百年历史的"机车房"，细数火车司机口中的那些"功臣"，它们何尝不是中国铁路发展的见证者、参与者。

每次看到马莱4型机车驾驶室外铸造的"警告牌"，我都不由地感慨。牌子很端正，字迹很工整，但内容却让人心惊：

这种大火车头非常重大，只准在南口至康庄之间来回行驶，因南口以南、康庄以北的所有桥梁都承受不住这种重大车头。要是擅行驶用必压塌桥梁、损坏车头车辆、伤及生命。非常危险！切告！切告！

在翻越八达岭天险中，南口机车房、机务段那些貌似不拘小节的火车司机们却心细如发，他们反复实践摸索，总结出各种上山下

⊕ 马莱 4 型机车上的警告内容让人心惊。

坡、牵引制动、安全节能的好经验。

我参观过中国铁道博物馆东郊馆，那里的蒸汽机车来自全国各地，种类型号众多。但是无论长短、轻重、汽缸大小、什么轮式、牵引力如何，我都能从那小小的、长方的、永远敞开着的驾驶窗，看见那些人，那些司机和司炉。他们驾驭着庞然大物，或单机牵引，或双机推挽，运行在险峻如八达岭的道路，上坡、下坡，添煤加火、撂闸排风、烧汽鸣笛，每一个动作都有讲究，每一次出乘都威武向前，每一趟归来都满面尘烟。

再比如：

京张铁路沿线有60多处相似的建筑，叫做道拨房、监工处，是为线路安全而设置的工作机构。很多人看了老照片——《居庸关20号道拨房并监工处》，饶有兴趣地问，那房子里的人是干什么的？资料记载：

（每天）凡于首次火车未过之前，各属道拨工役必须查勘一遍，如有阻碍之处当即申报并停止来车；凡火车经过，各道拨工役人等宜留心察观，如见危险当分布各种号志指示司机及车上人等，使其知觉；监工有专营一区之责，每日必须于本区内巡视，督率道拨工役勤慎从事。

由此可知，道拨房里的人叫作道拨工、拨道工，就是现在的巡道工；监工处里的监工员类似于安全检查员，是道拨工的业务上级。

　　这本来在全路的设置中也不算什么，关键是它让我想起詹天佑开展的工作考核、劳动竞赛。

　　有一张"验道专车"的照片。工人们满满地或坐或立于车上，而工程技术人员，包括负责人詹天佑、翟兆麟、陈西林、柴俊畴等，则站在车前或旁边。

　　那天，先将所有拨道工、监工员接到丰台，然后开出验道专车，一直开到南口，大家共检铁道线路状态。检查内容分10项，每项有分数。最后根据检查的总评分，颁发三项奖金，奖给得分最高的前3名拨道工，另外再颁发一项奖励，奖给相应路段的监工员。

　　奖金十分可观。拨道工冯梅山获得一等奖金1500元（当时工程学员月薪最高170元）；监工员王希智则把一只银表捧回家。

　　还有类似的检查，还有京张铁路工程技术人员培养任用制度，我们从中窥见詹天佑工程管理、生产管理、人才管理的探索与实践。

　　又比如：

　　在材料采购、施工承包上，詹天佑他们尝试了类似现代企业的管理办法，通过审慎定标、公开招标、签订合同等，保证工程的进展和质量。在丰台、南口建立了"材料厂"和"材料总厂"。

　　在京张铁路两侧，他们植树绿化，成为亮点。首段工程完工后，沿线种了柳树、榆树。詹天佑专门阐述过"栽种"树木的五大好处，除了护路、美观，还能收获木材，用作枕木、桥梁，还可将植树带作为铁路与地方的边界，树木成荫，长期受益。

⊕ 先将所有拨道工、监工员接到丰台，然后开出验道专车，一直开到南口。

总之，京张铁路凝结着包括詹天佑在内的建设者们的心血和奋战。詹公曾讲："一切依赖于大家奋不顾身的努力。"

三

1909年10月2日是一个灿烂的日子。上午8点半，一列用松枝、花朵、彩绸装饰起来，并悬挂了黄龙旗的特备火车，满载中外各界人士，从北京西直门车站开出。

经停清河、沙河参观后，火车抵达南口车站，汽笛长鸣，一片欢腾。站前广场搭起了巨大的牌楼和彩棚，龙旗高扬，彩旗招展，鼓乐喧天。

京张铁路建成，在这里举行盛大的通车庆典。会场阔大，彩棚延展，层层叠叠，齐齐整整。演讲台设在正中，四周置百余桌，有几十个隔间，还另备特别座。报道称："花盆分列，彩绸高悬，满座衣冠趋锵，中外来宾约万余人……"

邮传部尚书徐世昌发表讲话，除了盛赞我国自造铁路的成功，还特别强调京张铁路之成，是对国人的鼓舞，让人们增加自信，勇于图成。

詹天佑先后用中英文作了演说和致词。他把成绩归于"同事各员，昼夜辛勤经营缔造"，归于上级"加意筹划，督率提挈"，他在外国同行面前谦虚地表示"常患难齐欧美"。然后，他掷地有声地说，1825年英国建成了世界第一条铁路，现在中国建成了第一条

↑ 悬挂了黄龙旗的特备火车，满载中外各界人士，抵达南口车站。

自己的铁路，虽然落后了，但中国在进步，从今日始，努力追赶，一定会有同样的光荣！

广东代表朱淇在发言中纵论古今：

> 我国自秦以后，以工艺为细民之事，士大夫不屑，致此学中辍。每筑一铁路、开一矿山，每建造炮台、制造机器，如此之类，辄曰非外国人不能办，而外人亦轻视中国。
>
> 京张铁路筑造之初，外国人著论于报纸曰，中国造此路之工程司（师）尚未诞生也，一时五洲传为笑谈。今者，詹君独运匠心，筑成此路，不假外国人分毫之力，所有一切筑造与管理，皆用中国人为之。嗟夫！如詹君者，可谓能与中国人吐气矣……

还有各界人士讲话致辞，发言祝贺。通车庆典将铁路建设与国家自强的辉煌时刻载入了史册。

京张铁路建成，举国振奋。清政府邮传部特批，将一部分车票免费送与各界人士，邀请他们乘车参观。还规定，在一定时间内，丰台与张家口之间往来的客商，无论从何处上车一概免收车票，运送货物也不收费，以此作为"中国自款造路之大纪念"。

## 四

京张铁路工程造价之低，用资之节省，在中国铁路史上前所未有。19世纪末到20世纪初，是中国铁路建设的一个高潮。1904年到 1911 年这 8 年间，在中国大地上共修建铁路近 5000 公里，新建干线约 10 条，其中京张铁路成本最低。

京张铁路预算为白银 7 291 860 两，清政府实际拨付 7 223 984 两，工程实际支出 6 935 086 两，较预算节省 356 774 两，实际剩余 288 898 两。

京张铁路的工程难度远远大于京汉铁路、关内外铁路等，而修筑成本，即每公里的平均费用，却只有京汉、关内外等铁路的一半，甚至只是沪宁、津浦铁路的近三分之一。铁路工程专家凌鸿勋曾将京张铁路建筑工款、隧道工程用款，与其他几条铁路作详细比较，制作成表，充分说明京张铁路是节约和廉洁的典范。

京张铁路是中国铁路标准化建设的试验场。詹天佑把全国铁路要统一采用 1435 毫米轨距的建议率先应用在这条铁路上，与各项设计标准、施工标准、装备标准、运营管理标准一起，构成全国铁路标准化的依据和经验。

京张铁路原定七年完工，后压缩至五年，詹天佑和全体施工人员只用四年时间提前竣工。工程艰难而质量良好。这不仅在当时贫穷落后的中国，在世界铁路建设史上也堪称壮举。

京张铁路通车后，客货两旺，运输繁忙，1910 年盈利 75395 元，1911 年增至 506794 元。1912 年全年客运量达 48 万人次，货运量 70 多万吨。沿途的商人、旅客，比过去凭借骆驼、骡马来往省了时间，省了奔波之苦，还省了钱。有人感叹："此路交通，朝发夕至，昔之驼运货物，皆为铁路所揽矣。"

京张铁路完工后，鉴于筑路者"都知此路是国家自筑之路，异常勤勉奋战"，清政府对工程技术人员均给予提升和奖励。中国铁路工程师队伍第一次有了品牌效应，一大批专业人才得到重用，不仅在全国铁路建设中大显身手，还给中国工程技术领域带来新鲜气息。

当然，因为"总办詹天佑学优识定，经营缔造，独任其难；会办关冕钧办理购地、行车、管理规则，精心毅力，刚挺向前"，清政府升任詹天佑为"邮传部丞参候补"；升任关冕钧为"邮传部参议候补"。

1910 年，清政府对留学归国的专门人才授予功名，詹天佑因当年袁世凯奏请、京张铁路闻名、人品学识俱受赞誉，被授予一等工科进士第一名。

同时，詹天佑被美国土木工程师学会选为正式会员，亦是加入此会的第一位中国人。他还当选了其他相关学会的会员，成为国际知名的中国科技人士。

五

45 岁到 49 岁，正值人生壮年。詹天佑强健的生命与中国铁路艰难的起步结合在一起，是一种考验，也是一种荣幸。人生能有几回搏？他全力拼搏，搏出中国的、铁路的，也是人生的，辉煌灿烂。

勇敢始于担当，奇迹来自实力。他几十年初心不改，几十年厚

⤒ 京张铁路建成，中国铁路工程师队伍第一次有了品牌效应，一大批专业人才得到重用。

积薄发，几十年磨一剑，所以才忍辱负重，才敢于亮剑，才出奇制胜。我相信，在以后的日子里，无论什么时候，詹天佑想到京张铁路，心中自会一片光明。

詹公的确说过："魂梦所系，终不忘京张。"

后来他猝然离世，中华工程师学会会长邝孙谋、京绥铁路局长丁士源、汉粤川铁路湘鄂线局长颜德庆，率几百人联合签名，呈请政府在京张铁路八达岭为詹天佑建造铜像并颁碑文，永为景仰。

1922 年 4 月 24 日，詹天佑忌辰三周年时，社会各界在青龙桥车站举行了隆重的詹天佑铜像落成揭幕仪式。铜像旁边建有碑亭，里面的碑文为时任民国总统徐世昌所写。

徐世昌早早写好的碑文情真意切，这可能与他任邮传部尚书时，亲身经历京张铁路开通有关。或者，也因为徐世昌对人对事终究有自己的判断。他高度评价詹天佑；他在袁世凯称帝时，退居河南辉县；抗日战争爆发后，他拒绝日军利诱，不当汉奸。他一生写过很多文章，唯有这篇碑文随纪念碑一起，长立于此，令人观览，千古流传。

詹天佑成就了京张铁路，京张铁路也成就了詹天佑。此后的百余年里，他的名字走遍全国；走进世界铁路发展的历史；走进中小学生开辟鸿蒙的课本；走进那么多与祖国同呼吸共命运的人们心里。

## 无愧铁路之父

一

在京张铁路建成后的十年时间里，詹天佑做了什么？

他没有躺在功劳簿上休整，没有出席各种会议，更没有丝毫犹豫地拒绝了政府机关的职位。

他很忙，忙于修铁路，忙于建铁路网，忙于培养专业人才队伍，忙于规范全国铁路标准。即使走出国门，也是为了中国铁路而负重前行。他在生命的最后时刻自述：

> 竭力尽命，驰驱于路务之中；以时局多艰，职任綦重，未敢率请卸肩；奉命赴远东会议协约国管理俄路事宜，更不敢以病躯自暴……

他临终留下了千言遗嘱，所言之事都是国家与铁路的大事：一是要振奋和发扬中华工程师学会，发展中华实业，兴国阜民；二是慎选精通技术、各方面优异的人才管理远东铁路事务，为国增光，守护权益；三是抓住机会筹款，就款计工，惟力是视，速订计划，促进汉粤川铁路建成。

他说："上述三事乃天佑未了之血忱，如得采纳，虽死之日，犹生之年。"

那些国家与铁路的事，是他一直在做的事，是他心中装着的事，是他至死都放不下的事。

我们生活中，有很多"养生鸡汤"，在佛学、国学、老子、庄子的热度中，煮得沸沸扬扬，教人们"放下"。放下是要分什么时候、什么事情的。某些伤痛和得失需要放下，而某些事关国家民族、事业成败的"放不下"，值得我们尊敬。

二

京张铁路之前，各省的商办铁路公司依据清政府《铁路简明章程》，集资筑路。有的路权面临落于列强之手的危险；有的决策失误、问题百出；有的"专招华股，不借外债"，发动民众捐钱募款。京张铁路的建成让大家受到空前的鼓舞，再度掀起自办铁路的热潮。各省纷纷发电报给邮传部，邀请詹天佑主持修路。

1909年至1911年，詹天佑在四条铁路上同时担任六个职务：张绥铁路总工程师、河南商办洛潼铁路工程顾问、四川商办川汉铁路总工程师兼会办、广东商办粤汉铁路公司总理兼总工程师。

他穿梭往来于各省各地，自西北塞外到广东岭南，从豫西山区到长江三峡，足迹遍及大江南北，黄河两岸。那时大多地方未通铁路，更没有今天飞机汽车的快捷便利，他乘船、坐马车，有时徒步跋涉。他也累，但他心有理想，满怀热望。他走在山野河川，就仿佛走在铁道线上。

京张铁路向绥远延伸，因清政府国库不足，发行张家口到大同的债券，詹天佑将全家省吃俭用的节余，连同儿女名下的钱，都拿出来买了债券，支持京绥铁路建设。身边的工程师们看到詹天佑带头，也都纷纷认购。

然而，晚清政府出尔反尔，将原来批准的商办铁路收归国有，并出卖川汉、粤汉等铁路的修筑权。邮传部与英、法、德、美四国银行团签订《粤汉川汉铁路借款合同》，借外国资金、聘外籍工程师，购买外国器材一律由外商经办。对原来商民股东的利益缺乏考虑。

四川的商办川汉铁路停工，四川等省的人民掀起了又一次声势浩大的保路运动。保路运动与民主革命遇到一起，怒涛滚滚，顺江而下，一日千里，直达武昌，直接促进了武昌起义。各省纷纷响应起义，辛亥革命爆发，清政府被推翻。

三

从 1912 年到 1919 年，詹天佑先后被任命为民国粤汉铁路会办；

汉粤川铁路会办、督办，主持了湖北、湖南、广东三省的粤汉（广州至武昌）、川汉（成都至汉口）两路工程事宜。熟悉情况的人说："（他）躬督汉粤川铁路事，上下数千里，长江五岭悉归指画，其艰其巨又百倍于京张。"

这里的"其艰其巨"别有一番滋味，因为他处在特殊的时代。国际风云变幻，发生第一次世界大战，国与国之间的关系变得复杂，有的国家冻结贷款，有的外方人员百般刁难；国内朝代更迭、社会巨变，民主革命风起云涌，北洋政府动荡不安，没有稳定，也没有钱。铁路发展几起几落，步履维艰。

在时局动荡中，在政府向列强借款筑路的压力下，坚持修路，詹天佑如同在特殊的大家族里维持家人生计的主力，竭尽所能与各国人员协调妥洽、督办催款。

资金经常不能到位，詹天佑便提出了"就款计工"方针，意思是集中资金打歼灭战，有多少钱修多少路，一段一段地修。

这样，粤汉铁路广州至韶关段224公里于1916年建成；武昌至长沙、株洲段416公里1918年通车。通车的时候，詹天佑想到了京张铁路，虽然性质不同，但毕竟是继京张之后，他主持建成的又一条干线铁路。

粤汉铁路剩下的455公里，因为没有资金，无法开工。直到1929年重新筹建，1936年修通，终于使全长1095公里的粤汉铁路历经35年，得以完成。1957年，粤汉铁路在武汉长江大桥上与京汉铁路接轨，就有了北京至广州 2294 公里的京广铁路。

詹天佑出任汉粤川铁路督办，川汉铁路便在经历了保路运动后，于 1914 年底重新开工。但由于世界大战，北洋政府加入协约国阵营对德宣战，德国借款被冻结，川汉铁路于 1917 年再次停工。

这期间修筑的汉口至宜昌段 160 多公里的路基和桥梁，以及刚铺成的 9 公里线路，前功尽弃，就像一个活泼可爱的孩子正在成长，突遭遗弃；而宜昌至成都 1175 公里的线路勘测图，饱含着詹天佑等人的心血与智慧，同样像一件精美的嫁衣，没能等来婚礼，被折折叠叠束之高阁了。

北洋政府的腐败卖国、修路资金没有着落，使詹天佑深受打击，他经常忧思难寐，即使临终之际，还在遗嘱中为川汉铁路"中道而止，坐视大利之抛荒"而焦虑。

及至中华人民共和国成立，川汉铁路建设才真正付诸实施。其西段，成渝铁路，505 公里，1952 年建成，线路走向正是以詹天佑当年主持确定的方案为基础。而整个川汉铁路建设，由于地质奇绝、修筑艰难、线路变迁等各方面原因，经历了颇多曲折，到 2010 年，终于贯通运营。

四

出师未捷身先死，长使英雄泪满襟。詹公离世时壮志未酬，他以"平生之志未得尽舒为憾"，他说："初建路网的梦想破灭令我抱恨终天。"

听到他说"路网",我感到吃惊。

原来只知道 21 世纪,国家发布的《中长期铁路网规划》,还知道快速发展的"四纵四横""五纵五横""八纵八横"高速铁路网规划,哪里知道詹天佑心中的"路网"?

那是他的一腔热血,他的强国梦。其实不只是他的,也是孙中山的,中国人的。

中国民主革命的伟大先驱孙中山,在民国建立之初,就高度重视铁路建设。他说:"富强之策,全籍铁路交通……"。当他辞去临时大总统,便表示要"专心致志于铁路之建筑"。他当选铁路相关协会会长、名誉会长,出任全国铁路总督办。在他写的《建国方略》中,有铁路的规划与构想;在他的上海故居里,有亲自绘制的中国铁路规划全图,他寄望 10 年之内,修筑 16 万公里铁路。

他到各地考察,他在广州和詹天佑畅谈铁路构想,他去八达岭和张家口,视察詹天佑主持修建的京张铁路,他邀请詹天佑担任他的铁路技术助手。

詹天佑深受鼓舞。他看到了中国铁路的新机遇,他积极参与拟定全国铁路网规划,有了重点建设"两纵两横"四大干线的建设方案。

可惜时局变化。1913 年 3 月,近代民主革命家宋教仁遇害,惊醒了孙中山的铁路梦,他指出"非去袁不可",组织武装讨伐袁世凯。但"二次革命"被镇压,孙中山被迫流亡国外。

孙中山的铁路建设计划被搁置。詹天佑心中那满怀希望振兴中国铁路的美好宏图，也随之化为泡影。

孙中山与詹天佑，都是怀着一颗赤子之心，谋求国家的独立和富强，希望实业救国、铁路强国。但在"革命尚未成功"的中国，他们的理想难以实现。

孙中山十分尊重詹天佑。1912年，孙中山视察张家口车站时发表演说，热情赞扬詹天佑主持修建的京张铁路是为民族增光的惊世之作。新中国成立后，中央人民政府副主席、孙中山先生的夫人宋庆龄，曾沿着先生的足迹去张家口，路过青龙桥时特意下车，向孙中山当年的铁路知音——詹天佑，詹天佑的铜像，致敬。

五

实在不愿意面对詹公的去世，总想一语带过。但是，在他人生最后的时光里，他为国家和铁路，坚持、抗争、工作、去世，一切都离得太近。

1919年2月，詹天佑接到北洋政府电令，派他赴海参崴出席国际联合监管远东铁路会议。海参崴当时气温低至零下40至50摄氏度，而詹天佑患腹疾数月，一边治疗一边工作，未能痊愈。

为什么要去参加这个会？

原来，1896年清政府派李鸿章与俄国代表在莫斯科签订了《中俄密约》，俄国攫取了在中国东北修筑并经营铁路的权利。日俄战争后，由于俄国战败，所以将他们修建的中东铁路支线——南满铁路长春至大连段转让给了日本。日本并不满足，1918 年出兵抢占远东铁路与中东铁路。美国不愿坐视日本独得利益，就以方便军运为名，提出多国出兵联合监管。

1919 年初，美、英、日、法、中等国拟定共同组成"协约国联合监管远东铁路委员会"，联合监管远东、中东铁路。因此开会，商量分工。

詹天佑到北京时，时任交通总长的曹汝霖看到他气色不好，形容消瘦，了解了他的病情。但曹总长实言相告，中国政府无奈，已经承认国际联合监管，但想提几点要求，力图多争取一些管理权和护路权。而担当这个任务，非詹公莫属。

詹天佑无言。为国家争取路权，他抱病北上，前往冰天雪地的海参崴。随行助手有颜德庆、俞人凤，还有刚从耶鲁大学土木工程系毕业归国的他的次子詹文琮。

即使抱病，即使在赴会途中，詹天佑听说正在召开的巴黎和会也出现了国际共管中国铁路的主张，马上以中华工程师学会会长的名义，致电我国代表团，表示坚决反对。他写道："……天佑向习路工，久历路事，深知弊害，切痛尤多。"他有根有据地分析了"共管"的四大危害，强调"痛苦之事，将纷至沓来"，"不可不虑"。

这个电文同时在上海《申报》发表，在国内外掀起反对的浪潮，最终阻止了提案上会。这对于年轻的中国代表顾维钧在巴黎和会上

⑰为国家争取路权，詹天佑抱病北上，前往冰天雪地的海参崴。

维护我国山东权益，慷慨陈词、拒签和约也有一定的影响。

海参崴的会议 2 月开始，3 月移至哈尔滨。詹天佑在病痛中坚持工作一个多月，白天冒着严寒参会、考察，夜晚还要研读文书议案，准备发言。

会议安排只讨论分工，不讨论要不要监管。詹天佑以坚定的态度、敏捷的思维和娴熟的铁路业务，与各国专家交涉，据理力争。他说：中国东北铁路是中俄合办的，中国是第一次世界大战的参战国和战胜国，有能力保护该路秩序，中国铁路有中国的特点，应由中国人管理，不需要协约国委员会来监管。

詹天佑的义正词严和认真严谨，以及接人待物的正直作风，受到美国代表、工程界泰斗斯蒂文等一些国家委员的敬重。在他们的支持下，会议同意中国武装护路，从而遏制了日本借口护路强占中东铁路的野心，并争得中国铁路工程师和管理人员在中东铁路工作的权益。

然而，詹天佑因劳累过度，病势加重，不得不请假回家就医。他 4 月 20 日回到汉口，21 日住进医院，24 日与世长辞。

再过两天，就是他 59 岁生日。再过十天，五四运动爆发，中国迎来新民主主义革命。

1922 年 11 月，在中国政府和人民的抗议下，那个所谓的"联合监管远东铁路委员会"，撤销了。

六

为纪念詹天佑，民国政府委托日本雕塑家建畠大梦雕铸詹公大小铜像各一尊，大的铜像立在青龙桥站，小的铜像立在中华工程师学会院内。

中华工程师学会院落开阔，礼堂坐北朝南。詹天佑铜像立于高高的汉白玉基座上，面朝礼堂，温和地注视着进进出出的每一个人。

有人疑惑，一般塑像应该面朝外，背靠建筑物呀。对，这座铜像不一样，它表达了工程师们对詹公的缅怀，让他看着大家如他叮嘱的那样工作。

他叮嘱过。在去世前的口述遗书中，第一个建议说的就是中华工程师学会。

这不奇怪。詹天佑在人生的最后几年，除了修铁路，还做了两件大事。第一件是创建中华工程师学会，建立全国工程师队伍。

那时，正值两千年封建帝制在中国大地上消失，各种思想相对活跃，显露生机。詹天佑一边在大地上奔走，一边在春风中思考。中国工程师队伍日益壮大，已经颇有实力，需得加强团结，共同探讨，不断提高学术技术水平才好。

1912 年 2 月，他创立广东中华工程师会，后来亲自组织与其他省三会合一，组成中华工程师会，1915 年正式改称中华工程师学会，1916 年由汉口迁到北京。

↑ 詹天佑创立广东中华工程师会，并亲自组织与其他省三会合一，组成中华工程师会，后改称中华工程师学会。

在詹天佑的领导下，中华工程师学会成为近代中国成立最早、人数最多、影响最大、涉及学科领域最广泛的学术团体，除了组织日常交流、每月编发会刊，还先后出版了詹天佑、赵世瑄、华南圭等专家们编著的一大批学术著作。

第二件是出任交通部技监，制定统一的铁路法规，推进中国铁路标准化。

詹天佑推崇标准化。早在修建京张铁路时，他就根据实践经验，对全国铁路的线路等级、桥梁载重、站台高度、曲线最小半径等各项标准提出建议，呈送清政府商部审核批准，向全国推广，形成最早的铁路技术规范。

1913年，詹天佑被任命为中华民国交通部"技监"，主持全国交通技术工作（仍兼管汉粤川等铁路修建），1917年又任交通部铁路技术委员会会长。这期间，他发挥职能作用，组织制定和完善了13种铁路规则规范，后经修改，于1922年公布实施。他还坚持倡导全国铁路统一轨距，并亲自指导督促一些窄轨铁路进行改造，为中国铁路的联网运营奠定了基础。

1916年12月，首次全国交通会议在北京召开，通过了130项议案，内容涉及铁路、航运、邮电等诸多方面，其中铁路议案最多。詹天佑作为会议主要负责人之一，因"组织会议成绩卓著"，交通部颁给他名誉奖章。

1918年，为表彰詹天佑在铁路建设以及在全国交通法规建设中做出的贡献，民国政府授予他二等宝光嘉禾勋章。

如今，詹天佑离去已过了一个世纪，中国铁路的发展已经日新月异。詹天佑心心念念的铁路标准，已由"复兴号"引领，升级为享誉世界的"中国标准"。

曾经矗立在中华工程师学会院内的铜像，已经落户中国铁道博物馆詹天佑纪念馆。

各地的人们前来观摩铜像，又创作了无数的詹天佑塑像，分布在我国很多城市、车站、大专院校。著名艺术家孙道临导演了电影，河北、广东、江西等省市的艺术团体排演了话剧、地方戏，大家把詹天佑搬上了银幕和舞台。

大家塑造的詹天佑可能在外形上有所不同，但对詹天佑人物特点的把握却是共同的，他是"中国铁路之父"。

"父"，本意父亲，也是对某一事业创始者的尊称。一个字里面，有人间至亲的感情，有严肃深沉的尊敬。

我并不清楚，最初是谁将詹公誉为"中国铁路之父"的，但我确信，他无愧于这个称呼。

## 如此心有大爱

一

京张高铁开通的时候，车上座无虚席。我望着窗外，风驰电掣时光飞转。车窗上贴着大红剪纸，那是蔚县民间大师的作品：一列火车的上方是詹天佑的头像，目光炯炯，很是传神。

"詹天佑是爱国工程师，铁路专家。"

"嗯，中国铁路之父，近代的科技先驱。"

背后有人聊天。

"不过，说爱国工程师，有点主观，詹天佑主要是爱铁路，他留过学，喜欢先进的技术，喜欢铁路。"

"怎么主观，难道他不爱国吗？"

"不是不爱，而是……没必要强调……"

我无意听人说话，可他们的对话声音挺大。我很想站起来回头看一看，什么人，什么年龄，质疑詹天佑的爱国，说没必要强调？终究没有站起来。人们在岁月静好里评论什么都是容易的。

爱国是一个大话题。鲁迅说过：

> 比年以来，国内不靖……仆以为无根柢学问，爱国之类，俱是空谈……

近些年社会上出现过两种错误的思想现象。一种是有人看了《流浪地球》，听了地球村、国际一体化等说法，未解其意其情，恍惚感觉世界和谐、人类大同已经不远，吃着肯德基麦当劳，喝着进口的红酒可乐，开着进口车，用着进口厨具电器，以为真的国际一体了，似乎谈论爱国显得很狭隘，很土，很落伍。

另一种是对爱国的理解片面化、简单化，有人把爱国与扩大对外交往、对外开放，乃至科技合作对立起来；有人评价国际事务言辞过激，不负责任；还有个别人、个别团体打着"民族""国家"的旗号，散布并采取反和平、反社会的言论与行动。

我知道，国际社会和谐共赢是各国人民的美好愿望，国际共产主义是人类的终极目标，实现这个愿望和目标需要漫长的过程。在此过程中，人类需要减少对抗、统一思想，共同应对能源、大自然、社会和科学发展给人类带来的种种挑战。然而，各个国家之间要减少对抗、统一思想并不是容易的事，需要均衡的实力、公平的话语权、共同遵守的文明准则。所以事关国家的发展与富强，事关爱国。

爱国不在于怎么说，而在于怎么做。爱国也有时代特点。

陈典松写《詹天佑》时说，詹天佑的成长史、家国情，映照着他生活的那个时代的历史画卷。

"位卑未敢忘忧国"。在那个极度落后、频频挨打、山河破碎的中国，多么需要中华儿女在屈辱中抗争，多么需要有人扑下身子，实干苦干，努力收拾旧山河。那抗争，那努力，就是深切的爱。

我觉得詹天佑式的爱国尤其可贵。

二

詹天佑的爱是博大的。广州是近代中国与西方世界接触最早、最多的地方，是侵略与反侵略的最前沿。詹天佑出生在广州，从小感受到祖国与"外界"的对比，感受到五光十色、霸气汹涌的外界浪潮将祖国冲刷得有些苍白；也有传统文化的熏陶感染，也听大人们讲林则徐虎门销烟……

走出家，走出国门，他睁大眼睛看世界，看到了先进的科学技术，看到了经济发展，看到了创造、实干。大凡一个人多读书、走远路，都会自然而然地丰满自己的思想。从那时起，掌握科学技术，回报家乡和祖国的愿望就像一粒种子，深深埋在他的心里。

风华正茂的他，选择了当时中国并不认可、人们避之不及的铁路建筑专业，一个艰涩难学的专业。因为他被美国铁路那四通八达、绵延万里的气势所震撼；因为他离开家乡时，中国还没有铁路。

学成归来的他，看到祖国旧伤痕上又添新伤痕，就像饱经风霜的父母又增添了皱纹，让人触目惊心。他不嫌弃，不抱怨，甚至不伤感，他只是努力、等待，一切都为了能做些什么。

詹天佑没有系统的爱国理论，爱国对他来说，就像阳光、空气、水，自然地填充了生命，洋溢在日常的言行中；詹天佑没有响亮的爱国口号，但他做的每一件事，都实实在在增强了民族自信；詹天佑是世界名牌大学的优秀毕业生，凭他的学识才干，可以在美国、欧洲从事铁路工作，人家许以称心的事业和优渥的生活，但他坚守在贫穷落后、饱受凌辱的祖国。就因为是祖国，就因为要让祖国多一点进步，增一点光亮，争一口志气。

他有信念，也有遗愿。他说过：

莽莽神州，岂长贫弱？实业之振兴，翘足以俟，将不让欧美以前驱，岂仅偕扶桑而并骑。

所幸我的生命能化成匍匐在华夏大地上的一根钢轨……

三

詹天佑的爱是务实的。近代中国启蒙思想家、"睁眼看世界"的先行者魏源，努力介绍国外科技，倡导"师夷长技以制夷"；洋务运动积极引进西方先进的科学技术；仁人志士尝试"实业救国""科技救国"，都是对救国之路的探索，都对詹天佑产生影响。

出国时的老师容闳，毕生追求"借西方之学术灌输于中国，使中国趋于文明富强之境"，也深深地被詹天佑尊敬和认同。

詹天佑形成了自己的观点，他说："曰富曰强，首赖工学"，认为一个国家的富强取决于工业兴盛；他说："交通之对于全国，犹之人心之对于身体"，认为铁路是国家经济的命脉，有造血输血的功能；他勉励留学欧美的同学同事、科技人员，说：大家既然掌握了"利国之技能"，就应该"各出所学，各尽所知，使国家富强，不受外侮，足以自立于地球之上"。他说自己：

> 天佑毕生致力于工学……从事路工始终垂三十年，只知报国……

他不是政治家，他的救国思想是否全面并不重要。可贵的是，他像自己说的那样做了。他扎扎实实地做、争分夺秒地做、不论分内分外地做、无私无畏地做，他在他认定的让国家"曰富曰强"的工学之路上奔走，从未停下脚步，每一步都留下非凡的足迹。

2007 年，耶鲁大学校长理查德·莱文应邀携百名师生访华，第一站就是詹天佑纪念馆。

耶鲁大学校长在洁白的纸页上欣然写下感言："耶鲁大学百名师生代表团很高兴了解到我们优秀的毕业生为他的祖国做出的杰出贡献，耶鲁以他为荣。"

The Yale 100
delegation is pleased
to learn of the many
wonderful contributions of
our illustrious graduate.
He makes Yale proud through
his service to China.

Richard Levin
President
Yale University
May 2007

⊕ 耶鲁大学校长理德·莱文的参观留言。（译文：耶鲁大学百名师生代表团很高兴了解到我们优秀的毕业生为他的祖国作出的杰出贡献，耶鲁以他为荣。）

四

詹天佑的爱是坚韧的。他的工作经常面临困局：各国列强凭借经济发展的优势，仗着在中国的特权，对中国铁路权益进行各种掠夺、瓜分、侵占。在这种情况下，他无法力拔山兮气盖世，但他尽自己所能，捍卫铁路权益，维护国家独立与民族尊严。

他艰苦奋斗。建成京张铁路就是最好的证明。

他坚守原则。有两个关于"信"的事例。1906年，詹天佑接到一封信，是他敬爱的老师兼美国房东诺索布夫人的儿子威利·诺索布的求职信。威利是他童年的"家人"、亲密的伙伴，现在作为一名技术人员，由于种种原因面临失业，他听说了京张铁路，希望在詹天佑的主持下谋一份工作。詹天佑坚持"所有工程概用华员"，他真诚地回信说："亲爱的朋友，我们这条铁路只由中国人修筑。因此，我不能任用外国人。如果需要，我将可以帮你寻找其他工作。"

1913年底，詹天佑收到上级转来的一封信，是德国总工程师雷诺写给铁路督办的，声称汉粤川铁路汉宜段的中国工程师"能力不能胜任，要全部撤换"，换成德籍人员。詹天佑断然拒绝，认为这是对中国工程技术人员公然的排斥和打击。他在办公室接见雷诺，严厉道："这封信你写错了。汉宜段上工作的中国工程技术人员大多数是好的，是能胜任工作的。如果确有少数人工作不合标准，可以调换，但必须由中国工程技术人员替补。"他还进一步指出，按照合同，有学识有经验的外籍工程师可以担任主要技术职务，但一般职务应该留给中国工程技术人员，以便他们实习和锻炼。最后雷诺无言以对，只得作罢。

他鼓励中国技术人员面对困境时，以铁路权益为重，坚守岗位。1908 年 3 月，他得知在广东商办粤路公司任总工程师的邝景阳因人事纠纷准备辞职，立即写信劝说："为了铁路事业，望你坚持下去，只要你一离去，此路恐将落入日本人手中。"

他为国家争取路权，忍辱抗争，不惜伤害自己的生命。

詹天佑并不是狭隘的爱国主义者。他认真思索借外债筑路的问题、铁路商办与国有的关系。他赞同孙中山的观点：为了促进全国交通与经济的发展，引进外国资金和人才，是一种可行之法。他在工作中团结外籍工程师做有益的事情。但是，他坚持一个观点：借用外资引进外才，应该以不危及中国铁路权益为前提。

五

诗人艾青说：为什么我的眼里常含泪水？因为我对这土地爱得深沉。

詹天佑虽然致力工学，不善言辞，但他有炽热的家国情怀。在他心中，不乏对师长、同事、朋友、家人的爱，只是这些爱，都与对国家的爱、对事业的爱紧密相连，不能分割。

他关爱青年人，一边筑路一边育才，带出一批年轻的技术骨干。

他从实习生开始，将技术人员分为五个等级，制定相应的转正和晋升章程，按章执行，既让年轻人得到锻炼，又帮助他们不断进步。他撰写《敬告青年工学家》，文中强调青年科技人员必须注重道德修养：

> 道德者，人之基础也。学术虽精，道德不足，犹诸筑高屋于流沙之上，稍有振摇，无不倾倒……而我工学家以实业为根本，凡做一事，无论人言之是非，先求己心之安泰。必须以事业为前提，诉良心而无怍，方可坦然行之。

他给青年人指出问题，再晓之以理，授之以方法。他叮嘱工程学子无论何时何地，都要以增进国家利益为目的。

他捐资设立专项基金，促进青年科技人员创新。他曾亲自帮助一位名叫张美的火车司机，把他培养成铁路技师、铁路工程师。

萨福均也是詹天佑培养的青年工程师之一。在美国读大学时，詹天佑就鼓励他毕业回国。回国后他跟随詹天佑修筑铁路，詹天佑让他在不同的岗位上磨炼，勘测过"蜀道难，难于上青天"的长江巫峡，担任过定测宜昌至成都的测量队长。詹天佑去世后，他继承先生遗志，成为铁路工程专家。新中国成立后，领导亲自点将，由他主持修建成渝铁路，仅用两年建成通车。

詹天佑关爱同事、员工，强调"团结是成功的秘诀"。京张铁路修建中，他常用外国人说的"能修此路的中国人还没出生"来激励大家争气。完工后，他多次公开称赞大家"上自工程师，下至工人，莫不发奋自雄，专心致意，以求达其工竣之目的"。京张铁路的老职工回忆，詹公没有架子，常来工地帮助人们解决各式各样的问题，大家都热乎地叫他"大工头"。

他重视下属的生活福利，在汉粤川铁路率先实行中外技术人员同工同酬。邱鼎汾老人回忆：詹天佑制定的办法，让我们和外国人薪酬一样，也能有些积蓄。他首创铁路医院，为职工就医提供方便，对不幸因公伤亡者优给抚恤，发给棺木安葬。他制定的《员役在差身故抚恤办法》，是近代中国体现职工身故抚恤思想的第一份文件。

他对美国老师兼房东诺索布夫妇及其家人有着超越友情的敬爱。有些人在帮助过自己的人面前，不乏恭敬，一旦离开，身陷各种忙碌和实用主义中，便无暇顾及以往的恩情，甚至唯恐背负人情债。而詹天佑毕生不忘抚育教导之恩，真诚地用成绩回馈老师。他在信中说：

> 我常忆起你对我们的慈爱和你为我们教育所受到的辛苦。
>
> ……（京张铁路）首段工程终于完成。我随信附上一份剪报，供你了解，当年在耶鲁、在威士哈芬，由你照顾和教导的一名中国幼童（这些欢乐的日子已成过去）已经做出什么和正在做什么，他确实应该感谢你对他幼年的教育。

他对普通人有着纯朴的友爱。修京张铁路时，他租住在石佛寺姓姬的农民家里，看到姬老汉总是汗流满面地锄地，便详细过问家里的情况，得知因为穷买不起耕牛，他便自己掏钱让姬老汉买头牛来耕种。詹天佑还亲自给姬老汉的小孙子取名"云山"。现在，云山的后人和当地村民仍然怀念詹天佑。

家乡广东连续遭受水灾，损失严重，詹天佑尽其所有，出重资捐款，带动汉口各界成立粤东水害救灾会，雪中送炭。

他对亲人挚爱情深。幼年出国时妈妈给的小镜子，他一直珍藏；受了西方教育，他仍然尊重传统礼仪，愿意满足老父亲祭祖寻根、含饴弄孙的各种心愿；平时四处奔走，心中却装着对妻子的眷恋、对儿女的疼爱。但是，因为工作，父亲离世他没在身边，母亲离世他也没在身边。自己临终之时，一口气说完国家与铁路的事，再也无力顾及重病的妻子，他想对孩子们说点什么，却已经说不出话来。他用手指在床单上划写，孩子们努力地猜。我想，他在说：我爱你们。

仅仅几天前，次子文琮还陪爸爸在路上，现在，爸爸在《遗呈》中虽未言家事，却提到学铁路专业的文琮"当谆饬其固穷继志，他日为国效忠"。

詹文琮没有辜负父亲。他投身中国铁路事业，与同事合著《川汉铁路之过去及未来》一书，留下宝贵史料。1941年在长沙抗战中，日军两次进攻长沙，对粤汉铁路狂轰滥炸，担任铁路工务处长的文琮夜以继日组织抢修，终于劳累过度殉职于衡阳，年仅48岁。

这样的父子，这样的大爱传承。

## 最是讲求完美

一

从某种意义上讲，原来我并不了解詹天佑。

詹天佑纪念馆里一件件实物（文物），留有他的印记，带着他的气息，那么具体、感性，让我看到一个立体的詹天佑，他不仅是爱国者、管理者、铁路专家，还是一位个性鲜明、生动有趣的人。

展柜里有詹天佑用过的课本，《绘图与测量仪器学》《材料力学》《球面三角学》《平版仪测量学》；有素白的纸，上面布满长长的演算数字、示意图、推导公式，那是詹天佑在耶鲁的作业；有密密麻麻但整齐清晰的英文字迹，像印刷体，那是詹天佑手写的毕业论文。

1878 年，詹天佑以全班第一、全校第二的优异成绩高中毕业，考入耶鲁大学雪菲尔德理工学院土木工程系，选学铁路专业，所学

课程达 30 多种，课程名称听上去都让人头疼。他成绩优秀，特别
是数学课程，获得学校颁发的金质奖章。奖章也陈列着，小巧玲珑，
造型精美，让人感受到青春的朝气。詹天佑非常珍惜这一荣誉，他
始终珍藏，感恩母校的培养。1916 年香港大学鉴于他在规范铁路标
准等方面出色的成绩，授予他法学博士学位时，他致函母校：我承
蒙耶鲁的教育，任何一所大学给我荣誉，都是耶鲁的光荣。

当 1881 年清政府突然下令提前撤回全部留美学生的时候，94
名返回的"幼童"中，只有两人获得了大学毕业文凭，那就是詹天
佑和他的同学欧阳赓。

我猜想，一路走来，无论遇到什么情况，詹天佑对自己的要求
都是严的。他不仅在异国他乡顽强地成长，而且出色地完成了枯燥
繁难的学业。

他毕业的时候，《纽约时报》以《中国在美国》为题，热情称
赞中国留学生："他们机警、好学、聪明、智慧，能克服外国语言
困难，且能学有所成，是我们美国子弟无法做到的。"

是的，隔着玻璃，我仿佛看到詹天佑那执着倔强、专注认真的
神情。我想，当他心无旁骛地写下一道道演算题的时候，他不知道，
对他的祖国而言，对日后成千上万到海外求学的莘莘学子而言，他
意味着什么。

他是中国第一批官派留学生，是第一位留学归来在科技领域做
出开创性贡献的人。在他身后的历史长河中，波涛奔涌，后浪追逐，

他成为多少人的榜样。

在詹天佑赴美留学 60 多年后，被誉为中国"三钱"的钱学森、钱三强、钱伟长，分别赴美国、法国、加拿大留学。归国后，他们致力于物理学、动力学、核能、自动化的研究与实践，填补了中国科学技术界的多项空白。钱学森成为"中国航天之父""中国导弹之父"，钱三强成为"中国原子弹之父"，钱伟长成为"中国近代力学之父"。

还有很多，不胜枚举。

二

詹天佑纪念馆初建时，其孙詹同济亲自撰写布展大纲，将詹天佑珍藏的《马克·吐温幽默小说选集》作为第一件文物摆在展陈的重要位置。他说祖父不仅是一位铁路工程师，还爱好文学、热爱生活、关注社会，是一个丰满生动的人。

英文版的《马克·吐温幽默小说选集》是 1917 年购买的，盖着詹天佑藏书章。早年间，中国幼童到美国后，曾与马克·吐温在同一个城市，他们读书的学校和"马克·吐温小屋"仅隔两三个街区。马克·吐温还曾受人之托，为阻止清政府让幼童提前回国而努力斡旋。但这一切跟詹天佑并没有直接的关系。

他喜欢马克·吐温的作品，喜欢妙语连珠中对社会、人生的洞察与剖析。马克·吐温说，人只要专注于某一项事业，一定会做出使自己感到吃惊的成绩来。詹天佑的一生为这话作了最好的验证。他也喜欢马克·吐温式的睿智、幽默与讽刺。一次，在汉口的同学聚会上，不善言辞的他却有一段精彩的演讲：

> 吾人居官者，世人恒讥之为刮地皮，熟知铁路工程师真乃刮地皮者。鄙人忝为工程师三十年之久，刮地皮之多，似以鄙人为第一，而天下之肯以刮地皮第一自居，殆鄙人一人矣。

他将修铁路占用土地比喻成所谓贪官污吏的"刮地皮"，其幽默自嘲和讽刺批判的语气与马克·吐温非常相似。

他还珍藏着许多名著，比如，乔万尼·蒲迦丘的《十日谈》，精装本，有两处签名，书中留下明显的阅读痕迹。还有号称"中国通"的帕特南·威尔所著《为中国共和而战》，有詹天佑亲笔写下的购买日期，他虽不喜做官，但并非不关心政治，他通过书籍把握时代变革。

### 三

詹天佑居住美国长达9年，在熟练掌握英语的同时，从未中断对中国传统文化的学习，回国后又勤学苦练。他用中文写的工作报告、信函、文件，都工整清秀，言简意赅，明白流畅，连专职文书都"惊叹为不可及"。

他的学术著作同样表达通透，语调铿锵，文采斐然。那些记述京张铁路的文字，堪称经典名篇：

两山对峙，坡险而陡峻，悬崖峭壁立乎上，溪涧潺湲流于下。夏雨之后，万山之水奔注其间，泛滥若决江河，沛然而莫之能御，此地势之险也。由南口而至八达岭，坡度之过大，仰视则迢递百寻，下临则峥嵘千仞，使用仪器几无立足之地。此取准之不易也，测勘至此，取定路线，戛戛乎其难哉！

高山叠峙，峰岭参天，铁路经此，势有不能不凿山洞然；而岗峦错杂，林密菁深，或百尺悬崖，或数仞峭壁，其凿洞测量之事，良非易易，设有疏虞，则不免毫厘千里之失，故山洞测量，险阻困难，不啻十倍于平原。

峦岩辟洞，或顽石攻坚，其凿炮眼，当审石纹之整乱；石性松软，或混杂土质，其竖木架，宜防覆洞之堪虞。

有人评价，詹天佑将艰涩的工程之事，叙述得形象生动，让人既领会工程之难，又享受阅读的美感。

他的日常文章，也有很多灵动之笔、警言佳句，不仅立意高远，还体现深厚的国学功底。比如：行远自迩，登高自卑，一蹴而几，非可永久；不因权利而操同室之戈，不以小忿而萌倾轧之念；物有本末，事有先后，拾级而等，终达峰极；电力可无线以传，飞艇可航空而驶；交通不便，何以利运输？机械不良，何以精制作？

他常年习字，又临摹《初拓三希堂法帖》《赵文敏公道教碑》

等，书法运用自如，行、楷并用。他为京张铁路一些车站题写的匾额，笔法遒劲，稳健端正，可谓书如其人。

四

有朋友说詹天佑是一位管理型的数学家，或者是数学家兼管理者；有同事说他是企业总经理兼总工程师还兼总会计师；有的女士干脆称他高级会计男，说他在工程费用上亲自统筹"算计"，总想少花钱多办事，还办漂亮的事。

勘测京张铁路时，詹天佑一路打听沿途驼马运输费用，然后按每日、每吨、每人的平均数，估算出北京至张家口每年的铁路货运、客运收入，以及成本支出、利润盈余等，写出详尽的报告。

筹办京张铁路之初，詹天佑和陈昭常要将关内外铁路拨付的"盈余"，即京张铁路部分建设费（每年拨付 100 万两左右）存入银行，钱是从英国汇丰银行拨来的，照例还得存在汇丰银行。詹天佑却忍不住"货比三家"，多方咨询，做了比较和记录：

汇丰银行经理马京托（Mackintosh）先生提出，以 1/2 存款作为往来账户存款，给以百分之二的利息。并称，若银行营业顺利，则可增加到按存款额的四分之三作为往来账户存款计算利息。

关内外铁路梁总办告诉我们，他确信我们能将全部存款作为往来账户存款，并按百分之二利率计息，他将为之设法办理。

日本银行答应按往来账户存款给以百分之三的利率计息。

这样看来，汇丰银行存款，只有一半金额可按百分之二利率计息，这只等于全部存款以百分之一利率计息。

京张铁路的工程预算和决算，最能反映詹天佑财务管理的严谨精细。据《京张铁路工程纪略》记载，1905 年 7 月，詹天佑向袁世凯上报预算，项目具体，数字精确。袁世凯无可挑剔，只得设法弥补原来由外国人草草提供的、并不全面的预算。至京张铁路建成以后，詹天佑公布了全路建设的实际费用，数据更是精确到"厘"，到"毫"。鉴于公布的这个费用能够反映工程总体面貌，抄录如下：

一、总会办员司人役薪工、伙食、纸张、家具、杂费等及修葺房屋、奖恤各款，108 万 1431 两 7 钱 7 分 2 厘；

二、购买地亩暨员司人役薪工、车费、伙食、杂费各款，32 万 1668 两 8 钱 8 分 7 厘；

三、工程司薪水、夫马各款，10 万 4205 两 4 钱 8 分；

四、全路工程各款，208 万 4792 两 9 钱 5 分 6 厘；

五、购买材料车辆各款，388 万 8817 两 6 分 2 厘 6 毫；

六、转运员司人役薪工、伙食、杂费、扛力各款，1 万 6148 两 1 钱 4 分 5 厘；

七、购买电报材料、建设线杆暨员生薪工、伙食、杂费各款 8 万 9364 两 4 钱 2 分 7 厘；

八、巡警薪饷、置备军服器具、杂费各款，2万3485两5钱2分3厘；

九、煤价各款，5万2355两3分1厘；

十、车租、运脚各款，16万3696两5钱2分9厘；

十一、杂支各项，3224两5分6厘；

十二、解民政部西直门马路经费款5896两3钱3分7厘；

以上各项相加，总计为693万5086两2钱5厘6毫。

另外，京张铁路总工程局位于当年的阜成门外，我们还能在纪念馆看到照片。为了经济实惠地买下这处用房，1905年夏，詹天佑和同事多次往来，通过各种方式"议价"。共计29间房屋，最初房东要价2200银两，最终他们以1750两买下。

京张铁路施工中，少花钱多办事的"算计"还有很多。比如修建南口机车房，对用量较大的石灰提前购买，既能省钱，又保证了质量："石灰约用十三万余斤，每万斤价洋四十二元，由周口店采购……均于先年冬季运到，因冬季灰价较廉，又免雨水之患"。再比如沿线盖房，因地制宜确定修建等级，既不影响质量，还能省钱。

我想，京张铁路用资节省在中国铁路史上前所未有，一定与詹公的精打细算有关，也得益于詹天佑团队认真负责、严格管理、清正廉洁。

五

纪念馆有一张照片曾引起体育工作者的兴趣，他们发现了中国的第一支棒球队。照片上是留美幼童中华棒球队的合影，共9人，詹天佑自信满满地站在那儿。

那是第三批离美归国人员在旧金山候船期间，当地的奥克兰棒球队向中国留学生发出了比赛邀请。

于是，一场公众高度关注、颇有意义的比赛开始了。温秉忠在《一个留美幼童的回忆》中描述了当时的情景：

中国投手之高超，使奥克兰队感觉情势不妙。球场观众大哗——中国人打美国的"国球"，且使老美溃不成军，不可思议！全场终局，中国队大胜，幼童及华侨兴高采烈。

可以看出，詹天佑和许多幼童一起，不仅勤奋学习，而且活泼开朗、兴趣广泛，他们坚持体育锻炼，拥有健康的体魄，培养了自信、勇敢、乐观的精神。

詹天佑还喜欢用摄影记录工作和生活。纪念馆有一箱100多年前詹天佑珍藏的玻璃底片。其中大部分是人物照，包括詹天佑的父母、子女、家庭合影、工程人员合影。也有一些施工场景、火车机车等。

这些照片是詹天佑早期拍摄的。用玻璃底片拍摄，不仅技术要求高，而且底片保存的条件也很苛刻，太湿不行，太干不行，不能

⊕ 留美幼童中华棒球队的合影（后排右二为詹天佑）。

叠放，不能碰撞。詹天佑这些玻璃底片保存完好，由詹同济捐赠。

京张铁路完工时，詹天佑申请了专项资金，聘请专业照相馆为全路拍摄照片，制作影集。

纪念馆还有詹天佑珍藏的风景明信片、绘画作品、纪念册，以及绘有水墨竹石、题写了唐代诗词的团扇等。我想象，当他累了，当他有烦恼，他会利用一个间隙，借一片诗情画意，重温青春，重逢故人，重新领略生命的大好光阴。

六

有一本黑皮纹封面的精装书，看上去古朴严肃。翻开来，有徐世昌写的序言，还有詹天佑亲自作的序。全书158页，分了10个部分，每一部分都在赭石色的隔页上书写两个字：总纲；路线；轨道；土石；桥工；涵沟；山洞；房厂；水塔；栽种。

这是詹天佑主编的《京张铁路工程纪略》，记述了京张铁路修建的过程，其中的各种一览表，标着桥涵、山洞的详细地址与尺寸。还另附了图册，按章节配了62幅示意图，相辅相成，直观易懂。此书1915年由中华工程师学会出版。

詹天佑纪念馆的同志说，这书是宝贝，国家一级文物。它所记载的京张铁路，作为珍贵史料，恐怕要比铁路本身存活得更久。

虽然纸页有些泛黄，边角有点磨损，但都不影响我跟随书中的内容，看詹天佑。我看到一种优秀，一种善始善终的习惯，一种"大

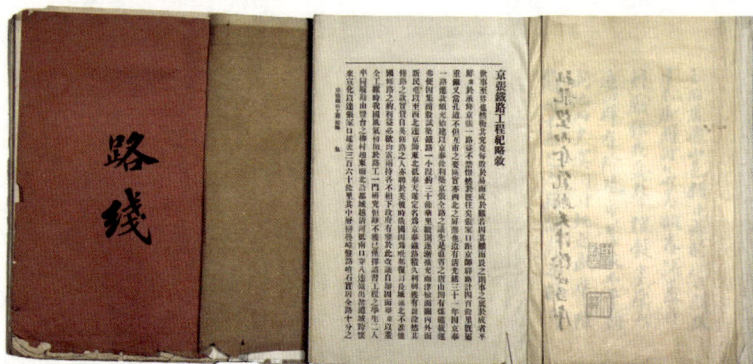

⊙ 詹天佑主编的《京张铁路工程纪略》。

国工匠"的气度。成功不是结束，而是更大成功的开始。

还有一本《京张铁路标准图》，作用另有不同。早期中国铁路受外国人控制，各国工程师掌握的标准不一，形制不同，五花八门。詹天佑对此十分担忧。在京张铁路上，他立标打样，对桥涵、隧道、车站等 49 项内容做出统一规定，绘制出标准图。

图有 100 多张，诸事标注，可谓极其细致。比如各等级车站，都给出了规格尺寸，对每间房屋的用途都悉数标明，对车站牌匾的字形、字号、排版皆有规定。当然，在特殊情况下也允许必要的变动。

同样是中华工程师学会出版了这个图册。同样是纪念馆的同志告诉我，这是我国自行制定的第一套工程标准设计图，意义很不一般。

我同样透过刻板又美观的图纸，看詹天佑。我看到一种炽热的责任感，一种科学与严谨，一种把事情做到极致的态度。

如果不是这样，他怎么会对身边的工作人员说：技术第一要求精密，不能有一点含糊和轻率，"大概""差不多"这一类的说法，不应该出自工程人员之口。

如果不是这样，他怎么在谈到中国缺乏创新时，诚恳地提出批评：青年子，一出校门，辄辍学业，得一位置，已自满足；及至实

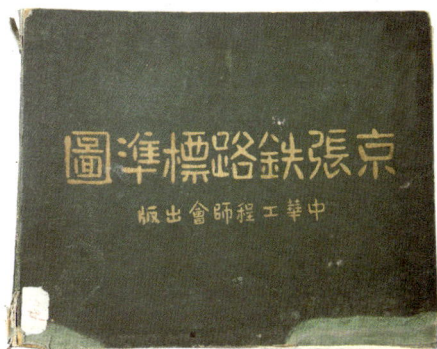

↑ 詹天佑主编的《京张铁路标准图》。

地工作，亦惟求称职而已。于是囿于旧闻，不求精益，甚至自矜一得，迹近持盈，而彼邦日有发明，我则瞠乎其后。

如果不是这样，京张铁路怎么历经百年，经得起风雨考验；即便是简朴的车站也建得美观……

如果不是这样，詹天佑怎么那么辛苦，历经20年挤时间编写《新编华英工学字汇》辞典，收录词条近万，统一各种技术名称的翻译，普及专业知识，成为中国人学习和应用外国技术的必备工具。

如果不是这样，我忽然伤感地想，他怎么会在临终弥留之际，一气呵成，洋洋千言，要给国家一个交代，要给人生一个圆满。

七

我又来到詹公的铜像前。他的生命不够长，但足够精彩，他平实谦逊的姿态，掩饰不住灵魂深处的风采。

他钻研工程技术，但德智体全面发展；他崇尚西方科学，但秉承儒家思想，选人用人强调品行优先；他日常穿长衫，典型的中国长者风范，但有些场合，一定着官服穿西装、佩戴奖章、隆重规范。

他工作要求严，但为人宽厚；他珍惜学历、荣誉，但为了施工进度不肯专程赴美，宁愿放弃世界顶级的工科博士学位；他热切关注全球铁路新潮流，但还是为了施工进度，两番放弃参加万国铁路会议的机会；他十分思念耶鲁的老师同学，一直想回去看看，但几届同学聚会，他都因离不开正在建设的铁路，忍痛割爱。

他毕生为铁路奔忙，在家的时间很少，但他十分珍惜家人。他回国后给美国老师写的第一封信，难掩兴奋："我真高兴我的父母都还健在！"

他在给美国同学的信中嘱托："我寄上 160 元汇票一张，请为我购书。余下的钱，可否为我全部购买金币？我的孩子们是这样喜欢这些小货币（一元美金），每天向我念叨……"

父亲去世后，他在北方施工，把广州的老母亲接到身边；他关心孩子学业，及时送长子、次子到美国读书；他在妻子久病不愈的情况下，拒绝纳妾的提议，真心呵护，努力提供好一点的生活环境。

盖有非常之功，必待非常之人。詹天佑之所以取得显著成就，除了他的精神和才能，也在于他特有的人格魅力。

美国驻华公使莱恩希曾说："詹博士发展中国铁路事业的卓越贡献和高尚人格，深为所有美国人敬仰。"

那位在哈尔滨会议上支持过他的委员会官员说："他是一位君子，和他结识极为愉快。"

詹天佑的下属王金职说："他和与他一同奋斗的人们之间，有着深厚的、真挚的情谊……他非常谦虚，从来不对反对他的人怀有私心、贬低他们，从不妒忌那些比他强的人。"

汉粤川铁路工程师恽寿辉在一首诗中，深情缅怀詹公的业绩与遗风：

入世言行皆可法，满门桃李尽成荫。

纵横枝干通南北，灿烂文章冠古今。

是的，纵横枝干通南北，凡是有铁路的地方就有詹天佑，虽然照片、塑像不尽相同，但那沉稳淡定中的神采飞扬，是一样的。

第六章

瞬间永恒

这是一套影集。紫红，厚重，封面上绒的柔软与铜的质地融合在一起，营造出低调的仪式感，默然昭示：非同一般。

时光泼洒在上面，留下岁月的斑点，但图像是清晰的。

那是彼时新兴的事物，瞬间的捕捉与记录，成就了真实，在博物馆，是为永恒。

## 光影在岁月深处

一

如今，人们对照相已经习以为常。不仅手机随时拍，而且任意修饰，剪切、虚化、美颜，存储与传递也极方便，都是动动手指分分钟的事。

20 年前，数码相机还没普及，胶片是必需的，影集拿给谁看是对谁的亲近和尊重。

50 年前，照相是新鲜而奢侈的事。单人像、合影，标准照、全身照，造型的、风景的，大多得去照相馆，在封闭的摄影间完成。"风景"自然是假的，价格还不菲。照得好不好，当时是不可能知道的，要忐忑地等待好几天，然后眼巴巴地看着工作人员从一摞摞纸袋中抽出属于自己的那个，才能一睹英姿或芳容。如果照得好，想放大一点、想上个彩色（人工着色），需要再攒点钱，再等一段幸福的时间。

100年前呢？照相和照片是什么情况？翻开博物馆里的影集，100多年前的京张铁路迎面而来。

从丰台柳村，那个静悄悄的起点，到南口、张家口，钢轨在一张张照片上伸展。沿途可见所有的车站；可见山峦隧道、桥梁村庄；可见行驶的火车；可见给火车头上水的水塔和长长的水鹤；可见工程师、筑路人，清一色的中国面孔……

影集里可见的东西太多了，简直像一部电影的胶片，一站接着一站，一环扣着一环，感觉稍微加速，一切都会动起来。

那是一个难得成真的梦。因为这个梦，詹天佑挺直腰身，中国人有了自信。光影浮动，记录了这个梦。

二

中国人用摄影来记录一条铁路，在此之前似乎还没有过。

摄影技术诞生于19世纪中叶的法国。1826年，尼埃普斯花了几十个小时拍摄下人类历史上第一张照片。1839年，达盖尔公布了银板摄影法，其摄影原理一直沿用至今。

最早的奔马实验证明，摄影的特点是瞬间性，即能拍下奔马四蹄离地的一瞬间，让人们看到事物最为隐秘而真实的样子，并将它定格在时光中。

影像把详情记录下来，照片是历史的代言。影像不同于文字，文字蘸了笔墨也蘸了情感，多少年后，人们也许会质疑，而影像直接投射到照片上，一切清清楚楚，让人信任。

虽然摄影远不如绘画、音乐、雕塑等历史悠久，却在一百年的时间里突飞猛进。照相机走入寻常百姓家，摄影技术不再神秘。于是，摄影从简单记录演变出多种功能，乃至兴起摄影艺术。人们用影像表达的欲望空前高涨，不仅从取景框中审视和记录世界，而且通过镜头发现、诠释、创造新的世界。当然这是后话。

摄影技术进入中国，是在第一次鸦片战争末与第二次鸦片战争期间。那时，法国、英国、美国、意大利等欧美摄影者，随着宗教和殖民扩张的脚步来到这片古老神秘的大地，用照相机了解、传播中国的社会状态和各阶层人们的生活情景。

中国人对摄影则经历了从迷信、恐惧、排斥，到认同、接受、喜欢的过程。所幸这个过程很短。

慈禧的年轻侍从德龄记述过慈禧与摄影的事情，可以说是个缩影。

那是1903年的一天，美国女画家为慈禧画像，慈禧端坐不动，时间长了，颇感辛苦。于是，旅居欧洲多年的御前女官德龄，趁机怂恿她照相。慈禧听说过照相，也知道自己被外国人拍照过，她一直疑惑那是妖邪之术，能摄人魂魄，现在看了德龄的漂亮照片，经不住诱惑，同意召德龄的哥哥进宫来拍照。

第二天天气极好，慈禧早早来到院子里，看人家安装相机。她左右端详，突然发现不得了，里面的人怎么头朝下，脚在上面？人家赶紧给她讲光线交互反正之理。洗照片的时候，她又坚持坐在黑屋子里看人家是怎么弄的。当照片呈现黑色，她担心这是不是说明运气不好？人家又赶紧给她讲药水与照片洗晒的关系。

当她终于看到洗好的照片，禁不住惊叹："跟真的一样啊！"她像孩子那样，坐在那儿对着镜子比看。

从此一发而不可收，慈禧召人进宫拍了很多照片。

国内最早的照相馆出现在上海，大多由外国人开办。20世纪初，摄影业在中国迅速发展，中国人自办的照相馆多起来，商业摄影逐步兴起，一些记录名人、中外贸易、官方活动的影集开始出现。

三

京张铁路当时轰动中外，具有里程碑的地位。为此，清政府拨给专款，詹天佑委托上海的同生照相馆进行全程拍摄，作为汇报与纪念，把照片送给有关的人、有关方面。

詹天佑可能想不到，那些照片让后人一次次潜入历史的长河，随着光影波动去到岁月深处，一张张、一页页，探寻究竟。

那些照片做成了影集，紫红绒布的封面，铜牌上镌刻着"京张路工摄影"，分上、下两册，共收录10英寸大照片183张。

这套影集纪实性强、摄影技术高，是我国早期新闻照片的典范，是京张铁路的珍贵资料，是中国铁道博物馆詹天佑纪念馆的镇馆之

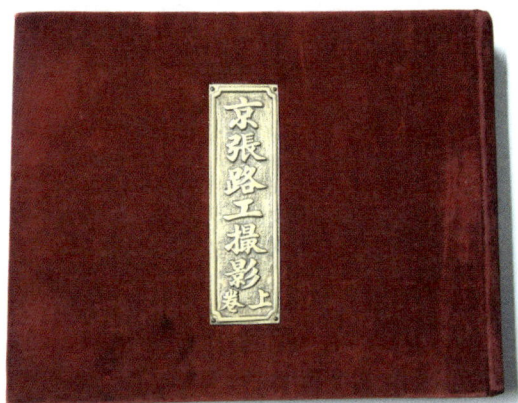

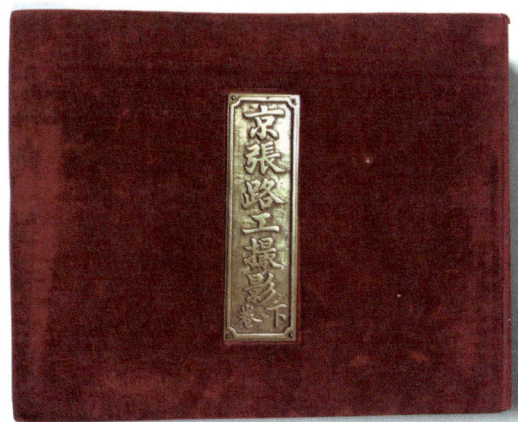

① 这套影集纪实性强、摄影技术高，是我国早期新闻照片的典范。

宝，并入选"中国档案文献遗产工程"，载入首批《中国档案文献遗产名录》。

影集制作的数量不多，当时送给了主要官员和工程技术人员（另有简装版，收录照片 56 张，给普通工程人员）。詹天佑于 1910 年将影集寄给美国老师诺索布夫妇的子女（诺索布夫妇已经去世），他说："这是中国工程师修筑的第一条铁路，其总工程师就是你们的朋友。"

在后来的多年间，通过征集和捐献，在国家图书馆、中国历史博物馆、北京市档案馆、上海图书馆、广州詹天佑故居，此影集亦有收藏。

旅美华人高宗鲁在敬赠给詹天佑纪念馆的《詹天佑与中国铁路》一书中，记载了一段影集的故事。

1973 年，高宗鲁登门拜见美国老人华纳女士，即詹天佑的老师诺索布夫妇的孙女，威利·诺索布的女儿。当他在寓所中看到《京张路工撮影》照相本，经过 64 个春秋仍然红黄相间、精美厚重，喜悦之情真是无法形容。

拜访归来，他立刻写信告诉住在台湾的中国铁路专家凌鸿勋先生。其实他并未见过凌鸿勋，但有书信往来，并获赠《詹天佑先生年谱》。很快，他收到凌鸿勋回信，凌先生认为摄影集是"极有价值之国宝"，请高先生恳求华纳女士予以赠还。华纳女士不同意，因为那里面承载着她祖父、父亲，两辈人的深厚感情，全家视作传世家珍。

　　凌鸿勋又去信说，詹公为中国杰出人物，其事业之照片尤宜保存，以利来者。他决定由自己筹集资金，委托高宗鲁征得华纳女士同意，以六寸大小逐张翻拍，得其底片。

　　如此，全部底片 183 张终于寄到凌鸿勋手中，他从中选出最为精彩的 100 张，放大为 24 寸，在台北博物馆举办了为期两周的专题展览。

　　凌鸿勋记述了展览的情况：

　　各方面反应良好。来者有八九十岁老人，也有穿着校服的学生，人们谈论的观感大多是山川的雄奇、工程的艰巨，以及照片拍摄技巧和六十多年保存的不易，还有景仰前贤，缅怀缔建之难……

　　四

　　我对摄影缺乏研究，弄不清光线、焦距、层次、透视等技术，但我觉得《京张路工撮影》183 张照片中，有的视角独特，有的构图大胆，有的似在讲述，有的意蕴深远。总之，颇多经典之作。

　　比如那百年前的柳村线路所，拍摄者的角度一定是经过拿捏的。眼前是桥，桥台上标着"60"，那是关内外铁路 60 号桥，也是两条铁路的临界点；铁路旁边，有"京张铁路起点"标志碑，也有"鸣笛"牌，鸣笛牌意味着前方有道口、曲线、山洞等，司机必须鸣笛示警。

⊕ 隔着百年时光，仍能听到火车的喘息与轰鸣，仿佛它在讲述"之"字线。

近的枕木整齐排列似琴键，远的灰白如雪是相邻线路的石砟连成了一片。两组钢轨由近及远，由宽变窄，在那将尽未尽、有树木的地方，以两组优美的弧线，分向两边，逶迤而去……

比如在居庸关，安装道岔的施工场面热火朝天；小桥流水陪伴驼队寂静慵懒，两者相映成趣，让人会心一笑。

比如在八达岭，雾气弥漫，树木和长城有些朦胧。近前的两列火车满载着旅客和货物，于不同的坡度上奋力前行，一个上山、一个下山，车头冒着浓重的白烟，直冲云霄，久久不散。隔着百年时光，仍能听到火车的喘息与轰鸣，仿佛它在讲述"之"字线。

还有机车、客车、货车、平车、棚车、敞车、验道修路的工务车……它们排着队，衬着大山的背景，轮番登场，明星一样展示自己，留下年轻的模样。

还有车站。即使是统一的图纸、相似的模式，也都留下了标准照。虽然站房大同小异，站名却各不相同。每一个车站都在瞬间的定格中，期待永恒。

又想起那次图片专题展，当你从一字排开的车站中认出属于自己的，或者熟悉的那一个，犹如在人群中看到父母亲朋，自是欣喜，自有一份陈酿的感动。

毫无疑问，一个车站就是一个地方，或者是故乡，或者是牵挂，或者是好奇，或者是向往。不同的车站连接着不同的历史和风土人情，照片上那些拱券门里进进出出的人们，都有自己的故事。

我思古人，实获我心。也许摄影的神奇可以带给我探索与收获的神奇。

我要到那些车站去。

⊕ 那百年前的柳村线路所，拍摄者的角度一定是经过拿捏的。

## 西直门历经沧桑

一

有人历数北京的车站，疑惑北京北的"北"。

北京站由正阳门东车站、前门站、北平站辗转沿袭而来，建于新中国大站之首，属北京十大建筑，离天安门近，整点报时唱响《东方红》乐曲，代表北京，当之无愧；北京西站靠近十里长街西端，接古莲花池，紧邻西三环，"西"得名副其实；北京南站一直和"南"字有缘，最早的马家堡、永定门车站，众所周知地处城南；北京东站更是顺理成章，一开始就叫东郊站。只有北京北站，并不怎么"北"呀。

北京北站源于西直门站。为避让皇家去往颐和园的路线，最初的车站建在西直门和西直门城墙的旁边，站名自然取自西直门。

当年，蒙古灭金后，元世祖忽必烈迁都燕京，在金中都旧城（现在北京西二环南端）的东北方向建造新城，按照帝王之都的理想布局，设置了九门城楼。其中的和义门，在明永乐十七年改名为西直门。

明、清两代，北京的城门有所谓"内九外七皇城四"的说法。内九城的城门现在除了正阳门还在，其他都拆了，但作为地名都留了下来，均匀地分布在地铁环线。

西直门是九大城门中除正阳门外规模最大的，也是九大城门中最西最北的，地处老京城的西北角。我想，后来北京北站的"北"，多少也和这个位置有关。

二

西直门车站因京张铁路而建，是整条铁路的头等大站。后来由于城市发展线路变迁，广安门车站改为货运站，西直门站成为京张铁路真正的始发站。

京张铁路通车，如同一条河，把船只、货物、人流，都聚拢来，再散开去。西直门地区像码头一样繁盛起来，成为北京的核心城区之一。

那时候，火车来了，带着工业化的动感，从老成持重的城楼、箭楼、瓮城边上开过去，隆隆的声响震荡着厚重的城墙，震荡那些重檐歇山，也震荡着人心。

那时候，风云际会。多少清政府官员、驻华使节、工程专家、富豪商贾、报馆记者，以及俊男靓女社会名流，都曾云集西直门车站，登上专列，参加通车庆典。

后来，京张铁路延至绥远，西直门车站被称为"京绥铁路西直门车站""平绥铁路西直门车站"（1928 年北京改称北平，1949 年北平更名为北京），柔润的字体衬着圆圆的底饰印刻在站房上面，醒目而美观。无论"京绥"，还是"平绥"，一个"绥"字，让西直门的生机和活力顺着铁道，向西向北扩散，一直到内蒙古高原。

新中国成立后，西直门站以新的姿态承担重任。尽管这个站的规模和面积受限，但还是经历了很多次力所能及的扩建，延长了股道、改造了线路、增建了驼峰，完善了配套设施，兼有客运、货运，以及编组业务，成为一个枢纽大站。

再后来，一路走过 20 世纪，伴随北京站诞生、北京西站落成，西直门站的职能作用不断调整。

这期间，朝代变换，革命与建设、战争与和平，京城家喻户晓的人物，都曾在这个车站出征，步入峥嵘岁月，留下历史背影。

这期间，抗战，西直门站有中共北平地下党的负责人，带领铁路工人用特殊的方式抗击日本侵略者，在车轮和轨道之间锻造过英勇的事迹。

这期间，中国共产党中央委员会由西柏坡迁至北平，毛泽东率领开天辟地的共产党人乘坐火车，经西直门到清华园，带来新中国的光明前景。

这期间，北京市修建环线地铁，古老的西直门城楼、箭楼都拆除了。西直门站也于 1988 年更名为北京北站。

如同西直门车站曾经有西直门为伴，北京北站也不简单，它的周边可谓"名家"荟萃。

北京展览馆巍峨秀丽，是 20 世纪 50 年代中苏友好的象征，现在还保留着传统的莫斯科餐厅；北京动物园建在清代，当初叫万牲园；安静的五塔寺，又名真觉寺，始建于明永乐年间，塔型凝重独特，寺院古树参天；北京交通大学，校名几经更改，历史已逾百年，终究在这里落户，高高的詹天佑塑像和宽敞的天佑会堂，不仅迎送莘莘学子，也与北京北站日夜对望。

三

北京北站引起我的注意，是在 2009 年那个暮春的傍晚。满城的月季开得如火如荼，丁香树在街边暗香浮动。

驾车走在西二环上，由南往北，目之所及，温馨、壮丽。右边是拔地而起、耸立崔巍的现代化高楼林立，金融街的玻璃幕墙折射着太阳的余晖。左边是鳞次栉比、带有浓郁北京气息的老建筑，月坛体育场、儿童医院、人民医院、机关、商场、居民住宅。而在正前方，环路转弯的地方，霓虹般耀目的四个大字映入眼帘：北京北站。

经过改造的车站焕然一新，主楼体量不大，但通体透明，端庄时尚，坐落在那儿，有一种璀璨。

几天后，我进站去乘坐刚开通不久的 S2 线，在等车时发现，除了主站房扩建，整个站场也有很大的改变。头上，大跨度无柱雨棚辽阔地庇护了所有的站台和线路，雪白绵密的钢结构十分新颖悦目。脚下，站台加高了，股线调整了，新型无缝钢轨取代了老钢轨，钢筋混凝土轨枕替代了传统的枕木。

S2线是北京市第一条市郊通勤铁路，也为人们到八达岭旅游提供方便。

上车的时候特意拍了照，因为白色的和谐长城号停在新加高的站台旁，显得朝气蓬勃。车开得不是很快，途经西城、海淀、昌平，最终到达延庆。令我感到意外的是，接连走了几个车厢，只有十几位旅客。

一位铁路通勤人员正在和旅客聊天。

"这趟车不动则已，只要车轮一动，就赔钱，十好几万！"

"人少车也减少呗，或者停开。"

"那不行，铁路讲大局，讲政治，讲服务，哪能想开就开，想停就停呢。"

"为什么坐车的人这么少啊？"我忍不住问。

几个人你一言我一语讨论了半天，大致得出几个结论：这条线开行时间毕竟还短，很多人不知道，也许还没来得及坐；有人上班赶时间，觉得买票、进站比较麻烦；相对而言，长途公交车的票价更便宜……

新线的发展需要一个过程。我很感慨铁路的付出。

十年后，仍是春天，朋友去坐 S2 线，告诉我北京北站关闭改造，大玻璃上贴着温馨告示："自 2016 年 11 月 1 日起，由于京张城际铁路建设，北京市郊铁路 S2 线调整至昌平黄土店站始发。"

我知道，北京北站马上迎来又一次凤凰涅槃。

随后我去黄土店，再次体验 S2 线。几经地铁换乘，在黄土店终于赶上理想的车次时，居然全列满员，从头到尾找不到座位，只好站了一路。可能是因为周末，更可能是因为 S2 线早就和地铁一样，可以用市政交通一卡通刷卡上车了。而且支持手机 App 扫码、刷京津冀互联互通卡进站。

四

2019 年底，北京北站再次新妆亮相，依然端庄璀璨。在站外四周走一走，感觉它与传统的火车站完全不同，简洁大气而低调平和，门前没有车水马龙，没有熙来往攘，只有宁静和整洁。它与周边的写字楼、核心商业、立体交通融为一体，地上安安静静，地下四通八达。

进站后，我看到这个狭长的车站，又迎来一次质的飞跃。

车站尽头的外墙上，镶嵌着两幅素雅的浮雕，上面山环水绕，风起云涌，是车站的变迁，也是京张铁路的画卷。最醒目的是，上面有京张高铁的文化标识、通用 Logo，那是由人字形、长城、中国高铁共同组成的，山也似人城也似人，高铁穿行其中，体现了"人"

在新老京张铁路中的作用。

两幅浮雕之间，端端正正悬挂着站名匾，除了站名，匾上还有"1909—2019""天地合德，百年京张"的字样，而这些字样贯穿了京张高铁每一个车站，表达着共同的文化主题。新老京张穿越百年，与天合德，天行健，君子自强不息；与地合德，地势坤，君子厚德载物。

站内虽然还是那个巨大洁白的无柱雨棚，雨棚下还是那些加高了的站台，但是，车不一样了。

原来这里的和谐长城号动车组最高运行时速160公里，现在，开往张家口的高铁，开往大同的、呼和浩特的、包头的高铁，整装待发，所有列车时速都达到350公里。

信号、供电、行车、进站……所有的设施设备都升级更新，全方位体现两个字：高铁。

与新气象对应的是另一组古朴的建筑，那是百年遗迹，"平绥西直门车站旧址"。

这个旧址包括老站房、老天桥、老雨棚，虽然它们眼眉低垂、恬淡安详，如同年迈的祖母，但眼角眉梢、姿态仪表，难掩当年的风姿绰约、风华正茂。年轻的车站管理者给我介绍，这个"旧址"作为京张铁路保存最完好的站场设施，已经成为中国铁路史和建筑史上的"实物例证"。

两层楼的老站房整齐对称而错落有致，坚实又柔美；坡顶重叠、

⊕《京张路工撮影》里的西直门车站 1906 年 8 月建成；第一次扩建后的西直门站一直使用到 2008 年。

回廊悠长，一排洁白的廊柱沉稳平和地诉说过往；灰、白、红，三大色调营造出整体的典雅与包容。

天桥也是当年的原物，依然横跨于铁道之上，虽年代久远却坚固如初。

朱红笔挺的老雨棚亭亭玉立在新站台上，并且被新的雨棚覆盖。过去的风雨，过去的担当，而今都被层层叠叠保护起来。

看着老站房，既亲切又惭愧。亲切的是，这个老站房与京张铁路各站的风格相仿。惭愧的是，曾经，我以为这个站房就是詹天佑建的西直门站的模样，还傻傻地想，毕竟是在北京的大站，建了全线唯一的二层楼！

直到有一天，见到西直门车站最初的照片，才明白虽然都是老站房，但此站房非彼站房。

《京张路工撮影》里的西直门车站1906年8月建成。站房是平层，七开间，正中是三个圆圆的拱券。站房旁边还建有风格一样、横向三间的辅助站房。站名匾也有特点，比一般车站多了两个字，写作"北京西直门车站"。

眼前这个老站房是西直门车站第一次扩建的产物（据说建于1918年）。有人说它是在詹天佑建的站房上加盖了二层，也有人说它原来的位置已增建铁道股线，它是彻底新建。我未考证，只知它风风雨雨，一直使用到2008年，在京张铁路上，算是资深功臣。

五

　　在北京北站一层和地下一层的候车大厅，两次碰到身披绶带的客运员姑娘，穿着制服，身材修长。

　　我问："是不是一楼大厅太高了，暖气供应显得不足。"

　　姑娘语气诚恳："新站刚开始启用，又赶上最冷的时候，很多地方正在调整，很快会好的。"

　　她示意："那边有饮水机，您多喝点热水。"

　　我习惯性地打量四周。姑娘十分热情："车站不大，有自动化设备。大厅里有服务员，门口也有服务员，您有什么事情，可以随时查问。"

　　"哦……谢谢。"我倒有点不好意思。然后，就忽然想起了"036"。

　　"036"是传承多年的铁路服务品牌，它就起源于这里。

　　当年，李淑珍是西直门站一名普通的客运员，胸牌036号，由于她热情周到、服务细心，做好事不留名，旅客们亲切地称她"036"。

　　她退休时，把036号胸牌郑重地传给徒弟宋敏娟。宋敏娟进一步发扬036精神，待旅客如亲人，甘于奉献，带动整个班组提升客运服务质量，进一步扩大了036的影响。

　　北京西站建成后，旅客多，服务要求高。上级安排宋敏娟带着"036"的经验转战西站。此后一代代传承、创新、推广、宣传，从客运员到候车室，从个人到集体，从一个车站到很多车站，带动了无数的铁路姐妹。王凤莲、李素萍、张润秋、王琳娜……都在客运服务中精益求精，被评选为全国劳动模范。

从车站出来，华灯初上，天空澄净。面对二环路上车流奔涌，回望凯德 Mall 三个巨大的标志性建筑，我心中默数北京的各个车站，早已有的、新建成的、正在建的，升级的、惊艳的，往东北的高铁站、正南面的机场站……每一个车站都有属于自己的光荣和使命。

而北京北，这个老京张铁路唯一完全更名的车站；这个京张铁路上最早开始扩建，以后多次扩建，善于改造自己顺应时代要求的车站；这个见证过中国第一条自建铁路、见证过新中国从西柏坡走来的车站；这个曾与 2008 北京奥运会统一步调，又将为 2022 冬奥会提供保障的车站；这个体量不大，位置特殊，一次次酝酿梦想、梦想成真的车站，它的路还很远，还将经历什么样的变化、什么样的出征？

真的想象不出。在这样一个辞旧迎新的夜晚，站在灯火通明的大街上，我心里泛起一阵暖意，不用想那么多吧，只是衷心祝愿：福运长久，国泰民安。

## 清河水流淌千年

一

原来沿着绿树环绕的河岸走过，我未曾注意那是清河。

清河发源于玉泉山和西山诸泉，玉带一般环护京北，向东汇入温榆河、大运河海河水系。

清河镇因清河而得名。自辽以来，有清河馆、清河社、清河店，等等，清朝始称清河镇，旧属昌平，现在隶属于海淀区。无论怎样称谓和归属，清河此地，都是北京城通往居庸塞外的必经之地，是人们出入京北的第一门户。

明永乐年间，广济石桥跨清河而建，有了桥，北方商队轮辐驼马，纷至沓来。待到清朝康熙时，北运河漕运开通，粮食集散，人丁兴旺，清河镇规模渐大，日益繁荣。

始发清河道，将为塞上行。

看山青觉近，问路景如迎。

潦尽烟凝秋意多，垂鞭轻骑过清河。

仲秋射猎诚云快，未若沿途看好禾。

这是乾隆皇帝的诗，不止一首，说明清河是颇有存在感的。

清河车站位于清河镇北面。《京张路工撮影》里的站房清清爽爽的，只是光线的缘故，白铁皮坡屋顶显得轻淡，少了些立体感。"清河车站"四个字由陈昭常在光绪丙午年（1906 年）夏季题写。

清河车站是京张铁路的三等站。虽然是三等，地位作用却不容小觑。车站附近历来是京师北郊驻兵重地，清政府想要维新图强，又在清河建立了陆军第一中学堂，即陆军预备学校，军事人才在车站来来往往。

还看见过一张照片，是日军控制的清河车站。站圃、女儿墙、百叶窗变得模糊，堆积的沙袋、加装的栅栏、垒起的工事却清晰可见，重兵把守，戒备森严。清爽的车站成了"军事禁地"。

写过《京北畿甸清河镇》一书的杜泽宁，在他的文章《海淀三镇寻踪》中说：

1906 年，京张铁路（一期）开通，清河火车站启用，为清河古镇带来近代工业文明。

⤴ 清河车站是京张铁路上的三等站。虽然是三等，地位作用不容小觑。

　　的确。清河溥利呢革公司（后来的陆军呢革厂、陆军制呢厂、北京清河制呢厂）1907 年创建，1909 年投产，机多人众，规模可观，凭借铁路，源源不断运来毛皮原料，运走毛呢产品，开创了我国大机器化毛纺织业的新纪元。1912 年孙中山先生视察京张铁路，在清河车站下车，专程赴此厂参观。

　　曾经清河故事馆的同志热情引见，我拜访杜泽宁先生。"据说，民国时期近代航空工业兴起，还在清河建了航空工厂？"我问。杜先生笑道："不用据说，是肯定的。1920 年办的，当时叫'飞艇厂'，任务是装配、修理、制造飞机。那些来自英国和外地的飞机零部件，都通过火车运到这里。"

　　他还兴致勃勃地补充，通了火车的清河，工业与科技含量大幅度增长，就好比后来的北京中关村。

　　二

　　铁路带动清河工业发展，詹天佑最为欣慰。欣慰之余，他也许会想起那个征地风波，庆幸自己的坚持。

　　修铁路需要征用大量土地，而征地会遇到各种麻烦。

　　清河有个名叫广宅的人，曾任锦州道员，是当朝镇国公载泽的亲戚。当他知道铁路要从自家的墓地旁经过，便如坐针毡，百般刁难起来，甚至雇人毁掉插标，日夜看守，阻止铁路定线。

　　旁人劝詹天佑改线，怕万一惊动了镇国公，那就事儿大了，镇国公可是满族贵族中深得太后信任的人。广宅也是一心要让铁路改线，不惜用银子打点。事情闹到邮传部，官员们惧怕广宅的关系和势力，加之可能收了好处，居然说最好的办法就是改线。

詹天佑再到清河的荒野墓园间行走徘徊，他纳闷，是死人的力量还是银子的力量竟如此强大，要阻止一项事关国家的工程进展？他知道自己不是一个刻板的人，在广安门等地，为了避让古迹和民居，也曾多次修改设计。而这里情况不同，也许是北依群山，南望京师，有着上风上水的好地脉，清河此地古墓众多，当朝的王公大臣也多相中这里作为家族墓地。广宅家墓地的四周还有很多墓园，若要改道，就得绕很远的路，若是不讲原则轻易妥协，铁路就修不好了。

回来后，他坚定地向邮传部表示，没有充分的理由，已经定了的线路断不能随意更改。不然的话，此风一开，将来沿途改得面目全非，岂不成了不合理的铁路！

正在僵持时，前门火车站（正阳门火车站）发生了一起爆炸案。镇国公载泽带领的清朝五大臣出国考察团被炸弹袭击。年轻的辛亥革命党人吴樾，为了推翻封建王朝"奋力一掷"，献出了生命。载泽被炸伤，朝野上下一片惊慌。

广宅无奈，加之清河镇的绅士出面协调，最终商定，只要广宅同意原来的线路，詹天佑就答应他的几点要求。诸如，在铁路与坟院间修条小水渠；动工时派人亲临致祭；铁路建成后要立碑纪念广宅家深明大义。

有人问詹天佑为什么答应广宅的无理要求。詹天佑说，我们的目标是修路，只要能把铁路修好，其他事可以暂时让步。詹天佑看重的是"路"，追求的是"好"。

我思量，拒绝贿赂可能容易，坚持原则却不容易；干成一件事可能容易，干好一件事一定不容易。联想整条铁路修建的过程，詹天佑把所有的经费和精力，都用在确保工程质量、提升工程品位上，这真的不容易。

三

詹天佑可能想不到，京张铁路的清河车站在一百多年后，会以特殊的形式露出原貌，重获新生。

京张高铁清河站在原地新建，老站房则作为历史文物，被整体平移、修复、保护。平移前，那些过往岁月里附加的建筑和涂料都被清除；修复后，它将用作实体博物馆。

我对平移很好奇。北京局集团公司建设部的负责同志十分耐心，给我讲了半天。什么结构安全性评估；站房基础和墙体用木屋架临时加固；什么抬梁托换法；上、下平移轨道和滚轴……总之，我明白了，就是设法将老站房变成可移动体，然后用牵引设备将其移动到预定位置。

明白之后是兴奋。

老站房具有特殊意义，它自带年轮，刻画百年京张的历史轮回；

它刷新印记，见证中国铁路的跨越发展；它长久伫立，为中华民族和新时代礼赞。

清河高铁站有了深刻内涵。不是吗？在中国智能化高速铁路上，在面向世界的北京"门户"大站，新老站舍并肩亮相，百年建筑穿越共勉，不仅记忆历史，记录时代，也表达了中国人不忘过去、不惧未来、薪火相传、自强奋进的理念。

四

2019年下半年，京张高铁即将开通运营的消息连篇而来，纸媒、网络、照片、视频，纷纷打卡和讲述新的清河站。

清河站是京张高铁上规模最大的车站，是始发站之一。建筑面积是老站房的400多倍，地上地下数层，站内5台10线，深幽而现代的蓝调灯光陪伴列车穿梭来往。

清河站是智能高铁站，采用智能技术建造，智能工程和设计无处不在，智能服务前所未有。综合服务中心代替了传统的售票窗口；票务综合一体机具有多种功能；为了方便老年人和特殊旅客，站外两端还安装了全国首台可视化远程售票机，通过提示说明或者视频对话，便可轻松地买到车票。

清河站是新的综合交通枢纽，除了高铁穿梭，还有市郊铁路、城铁线路。地铁站与高铁站同场设计、相互"织补"，地下换乘通道、城市通廊，弥合了地上被割裂的城市空间，人们的出行变得更

加简单方便。

清河站的近旁还坐落着京张高铁动车组的"家"，那是宽阔、整齐、现代感十足的动车所。无论哪种型号、什么颜色，高铁动车们经过一天的奔波，晚上都回到家里来"体检""休整"，然后，在晨曦中精神抖擞地再出征。

清河镇人感慨良多。他们有人写《清河站记》，用"赋"的词句，赞叹"百年苍黄，水土一方。京畿之地，清河站房""天之煌煌，地之泱泱。彪炳史册，智能京张"。他们有人历时两年半，跟踪拍摄，精心制作，用视频和文字全方位地展现清河站的建设过程，并且自豪地加以总结：世界高铁看中国，中国高铁看京张，京张高铁看清河！

我去清河站的时候，院子里爱旅游的大爷大妈们很是高兴，他

们看过电视，十分在意那个可视化远程售票机，"试试好用不！"他们说，"真不错，第一次听说适合老年人的机器！"

五

应该"试试"的东西挺多，但真的到了车站，更吸引我的，是生动可感的文化血脉，是随处可见的历史积淀。

清河站的建筑，风格独特、气势磅礴。抬梁式悬挑屋檐微微翘起，振翅欲飞，厚重而轻盈，展现出古都的新姿态。曲面屋顶倾斜流畅，如同河的水流、雪的赛道、海的波涛，有无惧险阻、澎湃飞跃的意象。

飞檐下"清河站"三个红色的大字，并非

高铁车站惯用的隶书字体，而是特别摘自老京张的"清河车站"。

一进站，正午的阳光透过整面玻璃幕墙，照耀在那些巨大的"人"字形钢柱上，一根根，诠释詹天佑与中国技术。迎面的站名匾是一张大大的硬纸客票，票面加了淡蓝的底纹，浪花贝壳，灵动自然，衬托出"百年京张"的古朴端庄。

大厅壁画包含了太多的铁路与文化元素，让人有点眼花缭乱。但我还是清楚地看到车轮滚滚、信号传递，时代的列车奋勇接力，从第一辆国产火车，到今天的复兴号，从老京张到新高铁。我看到长城起伏，群山绵延，栉风沐雨，续写传奇。

折板墙错落排列，上面的八连画屏展示了北京的著名建筑和各大车站。那些素雅渐变的灰、颇有质感的金属镶嵌，被一抹抹橙色云霞点亮，有几分梦幻。

二楼候车厅高大宽广，划分了多个区域，不同人群、不同特点、不同功能，贴心温馨。咨询台充满科技感，查询区一排查询机亭亭玉立，无论屏幕的画面怎样变换，都能看到四个字——智能客站。

还有石材浮雕展示铁路建设成就；还有墙上地下设计精巧的京张铁路符号；还有遍布屋宇一对对萌宠闪耀的小灯，灯光反射到脚下的大理石上，俯仰之间，雪花晶莹，星光灿烂。

我站在落地窗前，感受110年清河站的变与不变。我试图眺望清河，我知道，正如"清河站"三个字没变一样，清河，从古至今，悠悠流淌，生生不息，从未间断。

　　清河不是一条大河，却是一条顽强的河。它从美丽清澈，到山洪困扰、人口激增、工业污染，再到多措并举、综合根治、创新管理。近年来，水还清了，河岸变绿了，游鱼、野鸭、白鹭频频光顾，人们在河边晨练、散步。

　　清河水积淀、传承、向前，从过去到现在，从现在到未来。

## 湖光酒色入怀来

### 一

如果在湖水并不丰沛的时候，你来到官厅湖，隔水而望，看到对面的草泽群山，那凸起的山峰刚好是卧牛山，那么，你面前的水域里，会有一处神秘的陆地，残垣断壁，时隐时现。

那是一座城，一个车站。

水中有一排条形石块，经过湖水浸泡与岁月的洗礼，混凝土中的石子裸露出来，大的、小的，方的、圆的，在阳光下，随着水波浮动，闪闪发亮。

那是站台。当年，它送走最后一批移民后，便终结使命，悄然入水，已有60多个春秋。

如果你来的时候，赶上涨水，湖水特别丰沛，那么，除了卧牛山，就"一片汪洋都不见"了。

⊕ 怀来车站有一座水塔，为蒸汽机车上水用。

若非寻找京张铁路怀来站，这些我还真不清楚。

二

照片上的怀来车站 1909 年建成运营。站台下面有 3 对铁道，站台两侧种着小树，靠西的那边还有一座水塔，为蒸汽机车上水用。水塔不大，却也建得用心，除了高高的水柜和抽水机，还在左右盖了对称的坡顶小屋，小窗沿上还有砖雕，晋派建筑元素。水塔四周空旷，背后的卧牛山清晰可见。

在最初的京张铁路上，怀来车站与沙城车站相邻。很多人弄不清沙城与怀来。应该说，沙城镇与怀来城是两个地方，都隶属于怀来县。怀来县挺大，后来的土木、狼山、东花园、官厅、新保安，这些车站都隶属于怀来县。京张铁路开通的时候，怀来城是县治所在，怀来车站自然设在怀来城。

落日开平路，怀来古县城。

怀来城始建于唐，地处怀来河畔、卧牛山的延伸线，经过明朝的数次重修和扩建，成为四面有墙、三面有门，内有角楼、外有壕沟，瓮城、关城俱全，规制完整的古城。

怀来河曾是无定河（永定河）在怀来的别称，它由桑干河、洋河汇聚而成，在滋养一方的同时，却因含沙量大、气候影响、海拔落差等原因，水量不定，性情多变。特别是春夏常有洪水过官厅山峡，汹涌如脱缰野马，坝溃堤淹，危及下游两岸。自金代以来，这里记载过上百次水害。

历史上也曾有过多次治理怀来河水害的设想，康熙皇帝还亲赐"永定河"的名字，试图扭转河流"无定"的命运。无奈，都无功而返、无法实施、无济于事。

新中国成立后，党中央、国务院多次研究，毅然决定：就是有再大的困难，也要根治河流。于是，官厅水库1951年开始修建，1954年竣工。

在水库规划中，地势较低、身处"V"形盆地中的怀来城、怀来河大桥、怀来车站，连同那个有砖雕的水塔小屋，均划入库区。所以，在完成人口移民，经过必要的拆除搬迁后，剩下的，全部沉入水中。

怀来城没有了，怀来县治迁到沙城镇；怀来车站没有了，京张铁路绕道东花园，再回来与沙城车站衔接。

三

现在，我们已经无法感知怀来城内的情景。对于有着1200年历史的古城遗迹，也只能想象它的样子。元代文学家描述："数家惟土屋，万乘有行宫。"李泽厚在《美的历程》中说，百代皆沿秦制度，建筑亦然。那么，其元时的行宫、明清的屋宇是不是都遵照秦时的基础模式？当然也少不了宗教场所、塑像壁画吧？

我们也无法触碰怀来车站的一砖一石,像触碰清河老站房那样,更不能在怀来车站里里外外走上一遍,像在青龙桥小站参观。

我只能想象,有了京张铁路,怀来城的酒肆楼台、市井人烟,更加兴旺发达、热闹非凡吧?可惜,湖水时深时浅,并不回答。

早年间,我去新疆吐鲁番,到过高昌古城和交河故城。它们历史悠久,大概建于1500年前,据说当时相当繁荣,是丝绸之路上的交通重镇,好比沙漠里的都城长安。可是,轮廓依稀黄土厚重,宽宽窄窄的壕沟中,我步履匆匆,走到头再走回来,不懂得触碰,也看不见细节。如果现在再去,会不一样,因为它毕竟还能触碰。能触碰出什么不知道,但只要触碰,就有各种可能。

知道了怀来车站和怀来城的历史,特别想去官厅。朋友说有个官厅湿地公园。

我们导航到那儿的时候,没有标志,没有大门,也没有停车场,甚至也瞄不着一点湿的地。把车停在一个村子的小路上,乘凉的老乡给我们指路,告诉我们湿地公园还正在建呢。于是左转右转,走过果树园,路过庄稼地,然后就"山重水复疑无路,柳暗花明又一村"了。

一个山水相连,水草、鸥鹭、滩涂并存的世界展现在眼前。我们欣喜地步入水上栈道,远山近水,微风习习,水鸟舞动翅膀,点缀着波光浩渺。我看到了山,不知是不是卧牛山。我没有看到水中的古城,也没有看到水中的车站。顺着曲折的栈道,走过芦苇茂密,走过荷花盛开，走过水清见底，一直走到湖畔的大树参天。湿地静谧，心旷神怡，也没再去找谁询问。

水是生命之源。当初，对于新的人民共和国来说，有什么比根治河患、保护人民的生命财产、建设一个造福子孙后代的水利枢纽更重要？所以修建官厅水库，毛泽东主席亲自视察过，周恩来总理、刘少奇、朱德、邓小平等党和国家领导人都视察过。如今，一湖碧水风平浪静，湿地环绕，它所提供的防洪、供水、供电、灌溉和生态涵养、绿水青山功能，是千家万户安居乐业、共享幸福的保证。人们喜欢它，把它叫做官厅湖。

60多年来，新的京张铁路图在原来那条顺直的线路上弯出一个小小的半圆，那个半圆就是官厅水库、官厅湖、官厅湿地公园。

昨日已矣，惟余敬畏。我对京张铁路又多了敬意。那曾经辉煌的怀来河大桥，那朴实清秀的怀来车站，那个曾源源不断为机车供水的水塔小屋，已然成了水库的一部分，成了千家万户安居乐业、共享幸福的保证。

京张铁路不是一成不变的，它和许多古迹一样，在历史的长河中，经受过冲击，经历了变化，不断调整与修炼，为了实现更大的社会价值，牺牲了自己生命的一部分价值。有舍才有得，它顺应需要，顺应发展，得以百年。

四

　　几位酷爱摄影的朋友在京张高铁还没开通的时候，就跑到沿线各站去拍照，把怀来站的照片拿给我看。

　　"看看，这一排白色的廊柱，像不像酒杯的造型？"

　　"酒杯？"

　　朋友兴奋地告诉我，怀来站的设计有"葡萄美酒夜光杯"的寓意，那廊柱既像酒杯，也像葡萄生长的藤权，意味着怀来的葡萄酒名不虚传。"还意味着有朋自远方来不亦乐乎，等高铁开通，咱们一起去品……"

　　我也兴奋，因为在京藏高速路边，有一个巨大的、微微倾斜的葡萄酒瓶，是葡萄酒之乡的标志。如今，一个高速公路，一条高速铁路，一个酒瓶，一排酒杯，馥郁满怀，馨香自在，是为怀来。

　　京张高铁上的这一站，本来位于沙城镇，即现在的怀来县政府所在地，沙城站也由来已久，大名鼎鼎，但这一站没有按照高铁站的常规命名——叫沙城东，或者叫沙城什么，它就叫怀来。不管是什么原因，我宁愿相信，这是对100多年前的京张铁路，对60多年前沉入水中的怀来车站，温暖的纪念。

　　怀来县又有了以怀来命名的车站。

　　怀来县的建制自古就有，曾称沮阳、怀戎、妫川，辽代始称怀来。明朝实行"移民屯田"政策时，有一批山西省洪洞县的百姓移民到怀来。现在怀来县下辖十七个乡镇，县内多条铁路交错，是全国铁路站点最多的县份之一。

五

透过廊柱，可以看见怀来站的外墙上，镶嵌着四块高大的铜版浮雕，称作怀来的四张名片：一座古城、一位英雄、一湖净水、一瓶美酒。

一座古城指的是鸡鸣古驿，它地处怀来县最西最北的鸡鸣驿乡，实际上离京张高铁的下花园北站更近。

一位英雄是解放军战士董存瑞。1948 年，为了新中国，在解放隆化的战斗中，他手托炸药包舍身炸碉堡，牺牲时年仅 19 岁。他是河北省张家口市怀来县人。新中国成立两周年的时候，毛泽东主席邀请董存瑞的父亲登上天安门城楼参加国庆观礼。如今的县城里有存瑞大街、存瑞镇。

一湖净水说的就是官厅水库，水库位于北京延庆与河北怀来交界的盆地内，总蓄水量可达 22 亿立方米。它夹在两大山脉之间，山水相连，水质良好，水面开阔。郭沫若曾写下"官厅水库鱼三尺，夹库湖山两岸青"的赞美诗句。水库的大坝在水库南端，靠近丰沙铁路线，而水库北部不远，就是大片的康西草原，呈现低湖高原的独特景观。

一瓶美酒当然众所周知。怀来的葡萄种植历史悠久，这里地处北纬40度世界葡萄种植"黄金地带",天然条件与法国波尔多相似,葡萄酿成的美酒深受人们喜爱。全县葡萄种植广泛,品种纷繁,葡萄酒制造技术过硬、产量蔚为大观,是中国的葡萄酒之乡,是爱酒之人品鉴的乐园。

早在1917年,怀来就建立了第一家葡萄酒厂。而上世纪70年代,这里生产的第一瓶干白葡萄酒载入史册,填补了我国酒业的空白。目前,这里建有长城、桑干、盛唐、紫晶、瑞云等30多家葡萄酒厂、酒堡、酒庄,储藏着不同年份的品质红酒,创出了国内外知名的葡萄酒品牌。

其实,京张高铁进入河北的第一站是东花园北站,也属怀来,也处于葡萄酒产区,而且还是全国最大的海棠基地。万亩海棠中,八棱海棠最负盛名,为怀来所独有。春天海棠花海云霞烂漫,夏秋果实累累红艳香甜。

东花园北站那米黄色的廊柱,将海棠花嫁接到菱形图案上,寓意此地将建成带有科技内涵的"花园新城";那车站架空层的正中,有一处大气而低调的照壁,照壁上海棠花与葡萄簇拥在一起,展现"春华秋实"的盛景美意。我站在照壁前,不禁念出:"金风玉露一相逢,便胜却人间无数。"

值得一提的是,东花园北站离官厅水库最近,在站台上举目而望,可以邂逅平静的湖水、旋转的风车,还能远眺卧牛山。

居庸春色限燕台，山杏凝寒花未开，

驿马萧萧云日晚，一川风雨过怀来。

元人刘秉忠清明出居庸关过怀来时写的诗句，美则美矣，那种感觉似乎只属于遥远的过去。

现在，谁若想体验怀来的一切，坐上高铁去，转眼间便可揽湖光酒色入心入怀。

## 穿越古道下花园

一

无论是詹天佑修建的京张铁路，还是 2019 年岁末开行的京张高铁，快到下花园时，都能看见一座孤峰独秀、形似屏障的山峰，那是鸡鸣山。

鸡鸣山在两条铁路之间。其南麓有鸡鸣驿。

在鸡鸣驿正常运转的 500 多年里，迎来送往的官宦驿卒、商旅士绅难以计数，有明武宗、康熙皇帝的身影，也有慈禧仓皇西逃的行踪。这些人的到访，如同鸡鸣山缭绕的云雾，风一吹就散了，什么也没留下。

1905 年 6 月 4 日，鸡鸣驿来了几位特殊的客人，没有仪仗，没有前呼后拥，没有马，也没有货物，只有小毛驴和莫名其妙的工具仪器。有点奇怪，不过人们并不在意，他们更在意达官显贵。

　　他们无法意识到，这几个人的到来会与驿站的命运相关，驿站门前风尘飞扬的古道，会因为这几个人，有所改变。

　　是詹天佑带着他的助手，回测京张铁路线，从宣化府一路勘测至此，天色已晚，就住这里。这一住，詹天佑和鸡鸣驿，两个时代的使命、两种传送和运输方式，就在不经意间，开始了交接。

　　二

　　第一次去鸡鸣驿，它的存在使我震撼。

　　我国的邮驿由来已久。唐朝时水驿、陆驿遍布，安禄山在范阳起兵，三千里外的唐玄宗六日内接到消息，可见驿站的作用。杜牧诗云：“一骑红尘妃子笑，无人知是荔枝来”，让我们明白，驿道连绵，快马加鞭，使得杨贵妃的荔枝新鲜。

　　驿站因驿道而存在，是古时候传递文书信件的人们中途歇脚、吃饭、住宿，补充供给，喂马换马的地方。我想象，那是个带院子的邮局，或者是带办公区的客栈。

　　到了鸡鸣驿，它的规模让我惊讶不已。高大的城墙四面围合，墙高十一米，长有两公里。城墙上筑有东南西北各种楼，高耸俯瞰，可谓壮观。东城门的门洞小而破旧，但看得出设计讲究，花砖砌出的方框内，“鸡鸣山驿”的匾额浑然天成。

　　俨然一座城。路旁停着观光车，一位精瘦的老伯追着说：“自己走真不行，有的地儿你们找不到，我住这儿几十年了，什么都清楚。”

　　城内街道纵横，大致划分了12个区块。据说成吉思汗率兵西征，在此开辟了"站赤"，汉语记载为驿站。明朝永乐年间，加强边防，正式设立鸡鸣山驿，作为一个行政和军事编制，成为京师北路的第一大驿站，也是内外长城，即秦长城和明长城之间的军事重地。

　　我们看了驿丞署、指挥署，还有日杂、杠房、酒肆、戏台、当铺等门面遗迹。可以想见，元明清三代都有驻防的官兵在这里时刻待命。也许某一天，骏马飞驰而至，来人翻身下马，递上用兵出征的文书，大声报告："八百里加急！"

　　我们看了很多庙宇。永宁寺的明清壁画色彩依旧，文昌宫院落随和亲民，还有普渡寺、海神庙、泰山行宫，等等。事实上，明朝中后期，北方各民族之间相对和睦，交易增多，鸡鸣驿位置优越，兼有了商品集散功能，及至清代，发展鼎盛。客商来往，不仅带来各地特产，也带来不同的风俗习惯和宗教信仰。

　　还看了与"驿"字密切相关的地方。公馆院、贺家大院、驿卒们住的什么什么院，还有马号、军号、驿站粮仓……公馆院是官员下榻的地方；贺家大院"鸿禧接福"，在胡同口挂着"一九零零年慈禧西行时曾在此留宿"的牌匾。

　　让我震撼的不是这些，而是"这些"与"那些"的强烈对比，"那些"是什么？是随处可见的、毫不掩饰的荒芜沉寂。

　　在这俨然的一座城里，有砖雕堆砌、门楼繁复；有小院极简，一目了然；有窗明几净，绿树黄花；有柴门掩蔽，衰草萋萋；有高墙深宅，整饬一新，暗藏商机；有残墙破瓦，萧条落寞，了无人迹；有的人家开一片地，种了玉米蔬菜；有的小院加了丝网，养着飞鸟、鸡鸭、虫鱼……

我从没见过这样的地方，这样的古迹，这样的游览地。以至于当晚，一闭上眼睛，那堂皇对面的苍凉，那高墙背后快要坍塌的老屋，那老屋旁瘦骨嶙峋、疤痕累累的大树，频频浮现，挥之不去。

鸡鸣驿老了，它一面努力呈现曾经的美，一面难掩自身的无力与衰颓。这很自然，因为城内没有了驿马，城外没有了驿路，它没法飞奔。

三

第二次去鸡鸣驿，是想再好好看看詹天佑住过的公馆院，结果没能如愿。拐弯抹角，找到一个套院的门，里面安安静静的，没有人。听街上晒太阳的人们说，这里都是私宅，公馆院原来很大，三进院子，属于三户人家。前院有人结婚，翻盖了房子。中间的小院还留着，但是平时来人并不多，主人种地过日子，哪能随时让人参观。

我们只好去当地的佛爷岭、老龙背、蛇腰湾，还有修过鸡鸣山煤矿支线的地方，探寻詹天佑的足迹。

勘测京张铁路时，詹天佑过了康庄，感觉忽然置身一片广阔的平原，犹如踏上康庄大道。

他没想到，鸡鸣山、下花园一带的棘手问题仅次于关沟。佛爷

⊕ 蛇腰湾西洋灰砖道坡。

岭、蛇腰湾、老龙背等地，丘陵山峦，石径狭窄，下临洋河，平时水浅，一到夏天，河流奔涌。

铁路需要依山沿河，凿石垫土。

从张家口返北京途中，詹天佑夜宿鸡鸣驿，听说山后有一条路，可以不沿河岸而顺大道行进，他很高兴，第二天一早就去勘查，结果发现不行，新的问题更多。

施工时的确艰难。一边是险峻的山崖，一边是滔滔的洋河，既要开凿石壁，又要垫高河床。好不容易筑成路基，又怕洪水冲毁，再用混凝土预制成大型砖块，于河边筑起高大的护坡。《京张路工摄影》里有多张照片记录了施工现场的情况。当时，这段工程被称为"险工"。

另外，勘测中，詹天佑对当地人开采煤炭很感兴趣。他在《京张铁路调查报告》中，总共说了九项内容，煤矿的事就占了三项：

鸡鸣山煤苗颇旺，已用土法开采，其煤质亦似甚佳，于机器厂、火车锅炉，或可适用，若遣派矿师赴该山查勘，果系可用，再行设法开采，则京张全路借资利用，既省转运工费，取值亦廉，并可运销各处，而全路进款亦日益加增。新保安山则素产硬煤……

如能开采以上两矿，先有三利：本路免购开平煤炭，既省运费，又可就近装用，利一；该矿出煤愈多，转运别处销售，必由火车装运，则车脚日多，利二；由火车装运，车价既廉，则民间日用亦多，其煤价亦必照现在减少，而民间更乐为购用，且附近小民，更可借

⊕ 当京张铁路修到下花园车站时，便按照计划一同修建了连接鸡鸣山煤矿的铁路支线。

该矿工作以谋生，利三。

　　他的报告被批准，开办煤矿的愿望得以实现。所以，当京张铁路修到下花园车站时，便按照计划一同修建了连接鸡鸣山煤矿的铁路支线。这条支线虽然只有两三公里，但沿鸡鸣山而上，海拔高度比下花园车站高出一百多米。詹天佑亲临现场，将支线分为两段，因地制宜，不同的车型和轨道交错变换，解决了山高路陡的困难。

　　通车后，鸡鸣山煤矿由京张铁路局经营，主要为京张铁路供煤，兼有销售。鸡鸣山支线和另一条西直门到门头沟运煤的铁路支线一起，成为京张铁路的动力来源。

　　我们的探寻之路并不顺利，路不熟，路况也不好，磕磕绊绊，兜兜转转，走走停停。这其间，我忍不住想了些很细碎的问题。

　　勘测这条路时，詹天佑他们从北京到张家口走了两遍，没有车，没有轿子，也没有户外运动系列，他们在路上是什么样子？那时候没那么多餐馆、饭店、农家乐，也没有各种面包、火腿肠、方便面，他们饿了，吃的什么？詹天佑住在鸡鸣驿，不一定想到铁路的开通将终结鸡鸣驿的繁荣，但他心里筹划着，煤矿支线的发展，能让老百姓有生计、多挣钱，更好地养家糊口，这对那时的鸡鸣驿人，是不是也算一种安慰？

四

第三次去鸡鸣驿，是 2019 年，去看正在建设的京张高铁下花园北站。因施工繁忙，不便打扰，我们很快结束参观，顺便故地重游。

"中国鸡鸣驿邮驿博物馆"是一片灰色的院落式建筑，在驿城的东门内，虽然不大，但办得非常好。它讲述了鸡鸣驿，提到了詹天佑和京张铁路，介绍了全国邮驿的历史。

它告诉我们，鸡鸣驿是我国古代邮驿功能最齐全、现存面积和规模最大的古驿站，是我国乃至世界迄今为止保存最为完整的古驿城，有"世界第一邮局"的美誉。

博物馆门前有一组反映驿站官员与驿卒、马匹在驿道上交接公文的雕像，情态逼真，十分传神。

据介绍，驿城的南墙外，有一条宽约五米由东至西的道路，俗称"南官道"，就是当年的"驿道"。那时，马铃阵阵，烟尘滚滚，身穿邮服、腰挂"火印木牌"的驿卒，乘骑飞递，风风火火，你来我往。

我和同伴登上城墙。鸡鸣山赫然高耸，近在眼前。想起下花园北站的设计灵感来自"鸡鸣晓月、古驿风驰"，整体建筑有如一轮弯月，最大特点是候车室前廊的每一根钢柱都呈 45 度旋转，为的是将旅客的视线导向窗外鸡鸣山。

鸡鸣山地处怀来盆地，山势孤高，海拔 1129 米；山上有寺庙古迹，是佛、道、儒文化的汇聚之地；冬天巍峨峥嵘，夏季景色优美，被誉为塞外小泰山。山下大片的土地曾是辽代巾帼英雄萧太后建的皇家园林，有上、中、下之分。中花园后来建了电厂，现在留有上花园和下花园。

我们在城墙上走，虽然青砖铺地，宽敞整洁，我们却走得很慢。

"你说，哪儿是古驿道啊？"同伴问这话时，我们正走在南城墙上。墙外除了附近的矮房就是大片的农田，看不出"南官道"在哪儿。想象不出，当年鸡鸣驿这个"东镇京津之门户"，怎么样"西扼陆路之要道"。

"古道黄沙千万里，挥鞭奋进马蹄疾的情景，早被铁路取代了。"我说。真的，讲述鸡鸣驿的资料都会提到京张铁路。比如：

京张铁路通车后，铁路的便捷取代了邮驿传递。

1909年京张铁路竣工通车，邮传部增加怀来至张家口的铁路邮程，四年后，北洋政府宣布"裁汰驿站，开办邮政"，鸡鸣驿这个有着500多年辉煌的古驿站结束了历史使命。

"世事沧桑，可惜了这个鸡鸣驿。"同伴叹道，"哎，你说当年，鸡鸣驿的人们有没有责怪詹天佑和京张铁路？"

我不知道。子非鱼，安知鱼之乐？特定历史条件下的人和事难以揣度。但是我知道，历史的进步有目共睹。京张铁路建得惊世骇俗，火车翻山越岭日夜走行，给人们带来多少方便和幸福！

"那你说，京张铁路将来会不会像鸡鸣驿一样，废弃、衰败？"

我一时无语。但想了想，虽然当初的煤矿支线 1935 年拆了，下花园车站的老站房 1982 年被翻建，但在鸡鸣山下、在这片土地，100 多年来，京张铁路始终是北京联系西北的大动脉。

我相信，在一定时期内，高铁不会完全取代普速铁路，功能不同，各有使命。而且时代不同了，国家正在努力保护工业文化遗产、建设遗址公园。北京清华园、张家口市中心的老铁路，都以另一种形式保留下来。

我也确定，发展是必须的，这片土地需要发展。两条铁路凝望的目光在鸡鸣山交汇，"鸡鸣晓月"让人有"一唱雄鸡天下白，万方乐奏有于阗，诗人兴会更无前"的自豪感；京张高铁在下花园北站引出崇礼支线，和延庆支线一起，成为连接冰雪世界的关键，"古驿风驰"让人想起老京张的两条煤炭支线，乌黑的能源催生出洁白的动感。铁路，让冰雪运动越来越多地走进人们的生活。

说话间，忽然有一列火车，长长的旅客列车，出现在原野上。

未曾以这样的角度看过火车，我有点高，它有点远。空旷的天地之间，没有别的什么，只有它，踽踽独行。不用扬鞭自奋蹄，它正奔赴自己的驿站。

我和同伴都不说话，静静地目送火车。我知道，它马上就进京张铁路下花园站。从鸡鸣驿到那个车站，不足三公里。

## 宣化府钟声清远

一

那天，一行人来到宣化站，停在 100 多年前的拱券门前。

站长说："能不能在建线中把这老站房整修一遍？"客运主任接着补充："我们知道建线资金紧，不过宣化可是大站，詹天佑建的时候就是大站！"

一行人是负责"三线"建设的，正在调研建线方案。这里说的"三线"建设，可不是 1964 年起我国中西部进行的大规模基本建设。那时，"备战备荒为人民，好人好马上三线"，十年间，国家实施了一千多个大中型建设项目。

这里说的"三线"建设，是铁路为沿线职工改善生产生活条件，每年筹集一些资金，选定若干线路，解决各个车站、工区急需解决的实际问题，打造职工满意的"生活线、文化线、卫生保健线"。

老站房整修是一个系统工程，并不简单，而建线资金有限，所以，站长的愿望暂时无法实现。但说宣化站从一开始兴建就是大站，倒也所言非虚。

二

为什么当初詹天佑建的宣化府车站是大站？因为宣化府大。

宣化，是山环水绕物产丰富的塞外盆地，历史悠久，位置特殊。重峦叠嶂控其南，长城要隘枕其北，左扼居庸之险，右拥云中之固，2000多年前，这里就是抵御匈奴南侵的边关。

秦时明月汉时关，万里长征人未还。
但使龙城飞将在，不叫胡马度阴山。

说的是李广。战国时燕修长城，设上谷郡，至秦汉之间，宣化为上谷郡之治所，飞将军李广曾任太守。

后来《两唐书》记述安禄山在此筑雄武城，其实非筑新城，是加固城池，作为储兵器、积粮草、备战马之重地。

以后漫长的岁月里，宣化的城池日益完备，规模不断扩大，名称几经变化。雄武城即武州城，又为辽时归化州、金时宣德州、元代宣德府、明代宣府镇、清代宣化府。民国时，宣化废府改县。新中国行政区划多次调整，至2016年，长期并存的宣化区、宣化县，合并为新的宣化区。而宣化府车站早已更名为宣化站。

现存的宣化古城扩建于明初，有 600 多年历史。城墙的周长与当时的西安城、太原城相当，曾建七座城门，一座关城，四座悬楼，二十座护城台，还有护城河，构成完整的军事防御体系，为明朝长城边防"九镇"中城池最大、驻军最多的城堡，声名远播，所谓"九边之首"。

清朝于康熙三十二年（1693 年）设宣化府，责令其统领三州八县，希望能"宣扬朝廷德政，感化黎民百姓"，殷殷切切，将宣化作为"内外统一，民族共荣"的实践基地。

詹天佑对宣化府是熟悉的，初来勘测时，他一眼就看见南北排列的三座城楼。他在此地停留，并走访了当地的道员、知府、知县，乃至军队统领等官员。

我想，他一定从南往北，穿过敦厚的拱极楼门洞，登上了威严的镇朔楼（也称鼓楼）。在那里，他知道了镇朔楼的名字来自明代，因为宣府镇总兵佩挂"镇朔将军印"，以鼓为令，担负重要使命；他看见了乾隆御笔亲书的"神京屏翰"四个大字，感受到清高宗皇帝对宣化的信赖；他读了那个碑文：

宣府，古幽州属地。壤土沃衍，四山明秀，洋河经其南，柳川出其北，古今斯为巨镇，恒宿重兵以控御北狄……

然后，他信步来到清远楼。清远楼地处宣化城中心，楼上有镇城之钟，其钟声清亮悠远，可传 40 余里，楼下四门通衢。

可能就是从清远楼回来，詹天佑端肃而坐，确定宣化府车站为全线最大的中间站，与当时的西直门主站房一样，除张家口之外，规模最大。后来西直门车站改建，宣化老站房作为七间"大站"，是京张铁路上唯一的。

詹天佑亲笔写下"宣化府车站"几个字，至今在车站竖匾上赫然可见。

在《京张铁路工程纪略》里，唯独介绍了一个车站的修建情况，那就是宣化府车站：

> 墙均用青砖，前栋外墙厚一砖半，内墙及后栋各墙均厚一砖。前栋梁架四座，上覆白铁瓦，四围筑以天沟。墙檐门窗上额涂以丹色，室内墙壁均以白垩涂之。四面装设玻璃，窗外护以百叶窗，墙脚窗台均以二二六洋灰混合土作成……

书中还另注，窗台等"因其地一时难觅花岗石，乃改用二二六洋灰混合土建造"。

三

詹天佑是不是也考察了宣化的风土民情，感觉到这里的女性意识？他在车站的布局中，安排了男、女旅客分别候车，这在京张铁路的一般车站是没有的（近年青龙桥车站整修，为反映京张铁路全貌，增设了女候车室，供大家参观）。

真正的少数民族统治宣化，自辽开始。辽女萧绰，即萧燕燕、萧太后，她胸怀天下，29岁总摄国家大事，对内力革弊政，对外亲自出征，使辽朝发展达到鼎盛。在塞北大地上，萧太后的传奇故事广为人知。

我国古代有妇女缠足的陋习，肇始于唐，清代最盛。史料记载，清代咸丰、同治年间，宣化有民间小脚博览会，又叫赛脚会、莲脚会，类似选美盛会。年轻女子自己来，择地而坐，双脚放于矮凳上，如同模特走T台一样。辛亥革命后，宣化妇女又积极响应号召，纷纷"解放"了自己的双脚。

宣化自元以来设立书院，景贤、上谷、柳川等，天开文运，谋道喻义，屡创辉煌，得其影响和社会进步，开办宣化女中、女子师范学校。民国时，镇朔楼里办起民众教育馆，并不拒绝女性。现在宣化大讲堂定期讲座，女听众颇多。

刚解放时，有两名女青年因不满意家庭包办婚姻而愤然自尽，共青团书记把此事汇报到全国妇联，引起高度重视。为了警醒全社会，此事还刊登在《中国青年》杂志上。

1951年，宣化召开了一次特殊的"三八"妇女节大会。千人参加，针对造纸厂发生的一起家庭暴力案件，大家口诛笔伐，声讨罪犯。

对于宣化府车站分设男女候车室，人们评论不一，似乎那里面既有封建，又有方便，还有尊重。其实是詹天佑具有先进理念，他结合实际，在比较大的车站让铁路服务更加多样化、人性化。

　　近些年，铁路致力于完善母婴候车室、女性爱心屋，无疑更好地保障了女性的身心健康，是一件好事。

　　四

　　宣化府车站建成后，站台上摆放了许多漂亮的花草，寄托着美好的希冀。在以后的百年时光里，这个站沐浴过阳光雨露，笼罩过战火硝烟，体验过温馨温暖。

　　孙中山来过。1912年9月8日，他考察京张铁路后，从张家口返京，经停宣化站。当地军政商学各界人士在站台欢迎，少年儿童手执彩旗高呼口号，载歌载舞。站台栅栏外挤满群众。孙中山频频向众人挥手致意，并走下车，来到孩子们中间……他考察的是铁路，却感受到人民对革命的热情。

　　文化名人考察团来过。那是1934年，郑振铎写道："七时四十分到宣化，车停在车站，拟在此过夜……"。冰心对宣化印象深刻，她说："我们穿城经过钟楼、鼓楼和最繁盛的大街，一路最使我感到有趣的，是大道两旁的行人道上，有石沟，沟中有小泉流，经过家家门前，小孩子在沟中濯足，小女儿在沟中洗衣，既方便，又清雅，亦是他处所无。"

　　日本侵略者来过，一来就是8年。为掠夺矿产资源，他们主持修复，并新建了北洋政府已建和正在筹建的龙烟铁矿烟筒山支线、庞家堡支线（宣庞支线），增加了车站的铁路股道，修建了宣化炼

⊕ 西直门车站改建后，宣化老站房作为七间"大站"，是京张铁路上唯一的。

铁厂。大量的铁矿砂和生铁被运往日本。

新中国大力发展生产，龙烟铁矿备受重视，宣钢企业组建扩展，宣庞支线由政府拨款大修，归宣化站管。铁矿和铁路都曾见证了光荣：矿工马万水率领团队天天奋战、月月突击、年年创新，无数次刷新全国黑色金属矿山掘进纪录，当选全国劳动模范，受到毛主席、周总理的亲切接见。

苏联专家来过。1957 年 7 月，中国人民解放军宣化炮兵学院正式成立。苏联军事专家通过铁路，往来于宣化与莫斯科。那时，北京站发出的国际列车会在宣化车站停几分钟。后来，因为众所周知的原因，专家们从这里登上火车，一去不返了。

除了炮兵学院，小小的宣化城还曾设有中国人民解放军通信学院、河北地质学院、河北师范学院等高校，每到寒暑假，车站的售票员都深入到学校去卖票。每年，车站都迎来新兵、新生，又送走老兵和毕业生，站台上留下青春的身影、热烈的簇拥、深情的告白、远行的梦。

五

还有一位特殊的小旅客来过。1971 年春，一直住在沈阳外婆家的 5 岁小女孩李曦浩要回宣化找妈妈了。妈妈在宣钢焦化厂工作，因两地大人都忙，无法接送，外婆家就像邮寄包裹那样，在小曦浩的外衣前缝了个布条，上面写了始发站和到达站，写了两边家长的姓名住址。在沈阳火车站，外婆家打探到一位去北京出差的解放军战士，就将小曦浩和几元钱、几斤粮票一并托付给他。车到北京站，这位战士又寻找到另一位去内蒙古出差的战士，两人虽不相识，却顺利地进行了"交接"。

当天晚上，曦浩妈妈在宣化站台上，在两分钟的停车间隙，接到了自己的孩子，还有原封未动的钱和粮票。而小曦浩兜里塞满了糖果，正挥舞着小手向解放军叔叔、列车员阿姨，还有爷爷奶奶、哥哥姐姐们喊着再见，恋恋不舍。曦浩妈妈止不住心头发热，泪水夺眶而出。

那时候，宣化车站的四名职工，也是业余美术爱好者，有感于此事，热情创作了一幅中国画《祖国处处有亲人》，结果入选了铁路、北京市、全国美术展览。这张画不仅在国内最高的艺术殿堂——中国美术馆展出，而且又出版了年画。画面上那个"从沈阳到宣化"的小布条和整个车厢的人们一起，走进了千家万户。

2019年5月的一天，天空湛蓝，阳光温暖。"小曦浩"又回到宣化，只不过斗转星移，在北京工作的她，年过半百，早已走上领导岗位。她和母亲一起重回宣化，重游故地，与《祖国处处有亲人》的主创作者，86岁的周振清老先生相聚。

这是一段佳话，在宣化车站、宣化区，微信、微博、朋友圈、公众号传播开来。宣化区委宣传部的同志、上谷文化研究会的工作人员关注这个故事，电台、报纸、刊物，又做了后续采访和报道。

大家分享火车带来的温暖。老铁路的故事陪伴新高铁的宣传，如同陈年美酒配上新鲜佳肴，既醇厚留香耐人寻味，又期待满满令人兴奋。

六

宣化毕竟是古城。原来自己懵懂，总以为古城必像江南周庄、乌镇；安徽宏村、西递；山西平遥、湖南凤凰、云南丽江。殊不知在塞外的寒凉中，在屯兵雄武、"九边"兴盛中，小城同样孕育了悠悠古意。

我去"宣化市民书房"，即宣化图书馆的时候，发现它紧邻着宣化博物馆。

博物馆在一座中西合璧的两进四合院内，里面花木有序，檐廊回环，曾是察哈尔省民主政府旧址。1945 年至 1946 年间，八路军晋察冀边区召开察哈尔省人民代表会议，选举产生了中国共产党领导下的全国第一个省级民主政府，此处就是政府所在地。

博物馆不大，倒也馆藏丰富，除了历史文化图片、砖雕建筑等，还有出土文物 1300 多件。有的文物记述了当地士绅灾年放粮、赈济百姓的善举，有的文物显示了辽墓主人的身份地位。而辽墓壁画以其题材多样、色彩绚丽、精美无比，震惊了国内外学术界。那些独具特色的天文图,生动逼真的童嬉图、备宴图、出行图、散乐图……皆为瑰宝。

我在城中走，虽然没有了冰心描绘的石沟，以及石沟中的小泉流，但我一路看见，城楼巍峨、城门厚重、城墙纵横；看见老房子、古寺庙、老教堂、老字号；看见老街巷的名称，天泰寺街、玉皇庙街、万字会街、观音后街……

我也来到清远楼。这是一座高大雄奇、风格独特的建筑，叠层、抱厦、游廊、重檐翘角、朱窗碧瓦、错彩镂花、廊柱轩昂、斗拱精巧、风铃俏丽、楼宇壮美。明代的硕大铜钟一直悬立楼中，早年报时报警，现在每到除夕就响起祈福祝愿的钟声。古城得其神韵，美名扬四方，佳音传千里，已经将"宣扬朝廷德政，感化黎民百姓"演变为厚植文化，传播真善美。

有人在钟楼上讲述守城将士敢于担当、威名远扬的史实；有人在博物馆回忆军民团结、御敌抗战的荣光；有人在步行街介绍兴富源、朝阳楼、广惠石桥、钟楼啤酒、战国红玛瑙，连同它们的故事；有人在公益讲堂和免费期刊上，讲历史上"京西第一府"的美名、"半城葡萄半城钢"的繁荣，以及今天诗书礼仪秩序良知的传承。

还有人用抖音、微视频，展示古城儿女冰雪健儿的风采。那些冬奥运动学校的孩子们，燃情梦想、不畏严寒、驰骋雪场的英姿，让古城人回忆起1906年的宣化首届运动会，有600多名学生，盛况空前，闻名中外。

还有人在一起谈论冬奥会、高铁、冰雪装备制造业在古城的落地发展，探讨古城的经济转型，充满对未来的期待。

⊕ 京张高铁宣化北站，以一座气势恢宏色彩浓重的中国古典建筑出现，这在京张高铁全线，也是唯一的。摄影 / 马力

清远楼往北往西，坐落着"宣化城市传统葡萄园"，葡萄小镇，那是翡翠般宝贵的种植经典。偌大的庭院式园子、古老的葡萄藤、年代久远的漏斗型葡萄架、珠玉满缀的牛奶葡萄……它们可以上溯到唐朝，悠悠千年，芳华依然，被联合国粮农组织评选为全球重要农业文化遗产。

能不能吃到葡萄不重要，重要的是，转过葡萄园，就蓦然望见古城的新车站。

京张高铁宣化北站，以一座气势恢宏色彩浓重的中国古典建筑出现，这在京张高铁全线，也是唯一的。

中建一局的负责同志说，这个车站的建设致力于弘扬古城文化，尽显古城风韵，同时祝愿"古藤新芽"，生机无限。

我在心底祈福，是的，古城风韵和生机无限，一个都不能少。

在车站走一遍，我相信那挥洒千年的中国红，那端庄优美的庑殿顶，那些顶天立地、踏实朴素的斗拱大柱，伴随着古钟声，体验着新速度，一定会把宣化的扎实奋进和文化底蕴撑起来，传下去。我相信古老的宣化一定会凭借新的车站，迎来新宾朋，传播新故事，走向新繁荣。

## 张家口风雪更迭

一

詹天佑初到张家口，印象最深的是风。那风刮得呜呜作声，黄土翻卷，沙尘漫天；刮得人站不稳，眼睛看不清。他们紧紧抱住标杆、仪器，生怕被刮跑。

前面说过堡子里、大境门，却没提到张家口是个"风口"，蒙古高原的强劲风势、西伯利亚的浩荡寒流都从这里长驱直入。

早年间，随着外蒙古独立和张库大道中断，张家口的内陆贸易停了，而风却没停。随后多年，坝上草原又强行开发，生态进一步恶化，沙尘暴频频出现，张家口的总体形象和经济发展都受到影响。

张家口气温低，坝上不用说，即使城区周边，冬季气温也可低至零下二十多（摄氏）度，再一刮风，便冷得刺骨。

看到过一位网友多年前在北京交通大学读书，经常游走京张铁路，每每看到国际列车，就梦想着登上车去，领略遥远的西伯利亚风景。后来梦想成真，他写游记文章，感慨地说，他的西伯利亚之行是从京张铁路开始的。我点头，的确有关联，京张铁路何尝没有领略过蒙古的风、西伯利亚的冷？风吹皱了人的脸，冷冻伤了人的手……

二

詹天佑和他的助手们在风里奔波。他们沿着河床，上下往复，风尘仆仆。那时张家口的主城区位于清水河西侧，河东相对荒僻，他们需要弄清楚京张铁路的终点站，究竟建在哪里最好。

建在河的西侧似乎顺理成章，风光热闹，来去方便。但地价高，需要建一座过河的铁路桥，而且土地有限，以后再建配套设施，抑或扩建车站，都难免困难。

把车站建在河的东边呢？这里一片荒芜，没有商家，也没什么人家，风过原野，黄土弥漫，会不会遭嫌弃和冷落？

詹天佑记得年少时在美国费城参观过一个百年博览会，那些工业、科技、铁路带动地区经济和城市发展的事例让人印象深刻。是啊，应该站得高一点看得远一点，寻找车站的落脚点。

清水河上有一座古老的桥，叫通桥，也叫普渡桥，桥西正是市区繁华所在，桥东却是宽阔的园林和田地。就把车站建在这儿吧，既便于市民往来，又可解决地价等问题，可谓两全其美。更重要的是，相信铁路的拉动力！

詹天佑立刻去拜访当地的各路官员。他见了察哈尔都统薄仲鲁、副都统魁福、理事府和洋务局的查美荫、寿廷，以及万全县的万和寅等，这些人已然看好铁路，早有期盼，他们赞同詹天佑的想法。不过有人提示，桥头地势低，万一山洪爆发，河水泛滥，可能会危及车站，如若东移，既保险，又非田园，地价更贱。詹天佑很重视，第二天再去考察勘测，又将站址向地势高一些的东南方向移动，终于确定了张家口车站的位置。

三

《京张路工撮影》里的张家口站，四面开阔，天高山远。站房的等级在全线最高，规模独一无二。正面横向九间，有前廊，设九座拱券门。前廊顶头是客官厅，挂着牌子，相当于后来的贵宾室。

站名匾比其他各站都高大，四周有漂亮的花卉装饰，有生动的二龙戏珠，中央飘扬着黄龙旗。匾上的内容也与众不同，繁体字"张家口车站"下面不是威妥玛拼音，而是英译的"KALGAN"，即"喀拉干"，是蒙古语中"门""进出口""旱码头"的意思，取大境门的含义，同时表明张家口是贸易口岸。"KALGAN"通过俄语引入英文，清末被欧洲人广泛使用，直到现在，在俄罗斯及东欧一些地区，仍有人用它作为张家口的英译名。

1909 年 9 月 19 日，邮传部尚书徐世昌和詹天佑、关冕钧等一

⑪ 京张铁路全线开行列车，张家口车站聚集了热情的"观成"人群。

同乘车验收京张铁路全线。21 日在张家口举办庆祝茶会，察哈尔各都护（都护是对都统和副都统的泛称）、官商、军门、镇军等都亲自到会。

徐世昌心情激动。多少年了，作为清政府的重要官员，他从没有这么扬眉吐气过。那时他还不知道自己日后会做民国总统，但京张铁路让他精神为之一振，家国民族之情陡然于胸。他发表长篇讲话，把京张铁路与万里长城并称，一口气列出铁路八个方面的功绩。他还满怀热情地预见，京张通车以后张家口地区的各个方面，必有新的气象。

9 月 24 日，京张铁路全线开行列车，张家口车站聚集了热情的"观成"人群。照片上的人们是高兴的，有的在铁道股线上穿梭来往；有的在站房前聚集，摩肩接踵进站参观；有的搭起牌楼，扯着横幅，大书"农商欢迎"等；有的凑在"观成行辕"前看花饰龙门，看"中外腾欢"。

照片上的旗帜是猎猎舞动的，有风。不知道现场那些高兴的人们，能不能从旗帜舞动的姿势中，想见这条铁路在塞外高寒区段修筑的艰难：风、沙、冰、雪、冷、冻。不知人们能不能顺着坚硬的铁道线，想见筑路人经受的考验，想见出生广州的詹天佑克服了怎样的困难。

四

徐世昌说："张家口从此南北道通，朝发夕至，商业之兴，可为预券……将由张家口西展绥远，路通愈遥，货物之吸收愈广，十年以后，此地将为北方最大之大都会无疑。"

他说的不错。京张铁路开通，客货运量逐年提升。铁路推动城市发展，张家口就此进入工业时代。

张家口车站附近建了机车房、材料厂、工程局、整备线、车辆检修和线路检修的单位，建了铁路员工宿舍、医院、学校、浴池、食堂，还有煤炭、粮食、蔬菜等铁路专用线。实业投资依托铁路寻找契机，各界商人在车站附近置地开店，形成了新的商业街，建起了新的居民住宅，一些管理机构、公共服务设施陆续搬来或者兴建。

于是，桥东繁荣起来，桥东区的发展和铁路有直接的渊源。如今，桥东区已经成为张家口主城区乃至全市的政治、经济中心。

随着张家口主城区向东向南扩展，1956 年新建了张家口南站，京包线不再出入市里，而从张家口南端直接奔西而去，大大提高了运输效率。张家口站变成了尽头式车站。

进入 21 世纪，张家口加快前进的脚步，一路向南，走出三面环山，走向开阔的平原，建立高新技术产业开发区，带动全市各方面发展，张家口南站的作用日益凸显。2014 年 7 月，被水泥森林包围的老张家口站，果断地将所有客运业务移交给南站。

2019 年底，当张家口南站经过全面重建，再次呈现在世人面前，已然又成为了崭新的张家口站。

百年更迭，四面开阔、天高山远的张家口站又回来了。

张家口站的建筑外观是浅淡的灰白色调，地下进站通道和城市通廊用大理石铺装，同样浅浅淡淡。远远望去或者穿行其中，可以感受张家口的风度。经历过辉煌不沉迷过往，身经数变初心不变，任凭风风雨雨坚持砥砺前行，举重若轻，云淡风轻。

张家口站携高铁而来，通往北京、大同、包头、呼和浩特，成为连接京津冀与山西、内蒙的现代交通枢纽。那些出发的、终到的、经过的，那长相、那姿态、那么快，都是这片土地上从未有过的。有人欣然而言，张家口进入高铁时代。

如果说当年京张铁路带来了现在意义的张家口，那么新的京张高铁又将把张家口带向何方？

五

　　若想全面了解张家口，资料会告诉你：张家口地处河北省西北部，华北平原向蒙古高原的过渡带，东靠承德，东南邻北京，西接山西，北和西北与内蒙古自治区交界，山河壮美，历史悠久，文化传承源远流长。有两百万年前古人类繁衍生息留下的"泥河湾"遗址；有五千年前中华民族"人文三祖"的足迹；有天然的"历代长城博物馆"；有无数古镇、古堡、古戏楼、古战场；有闻名遐迩的蔚县剪纸、"打树花"；有离北京最近的大草原，有草原"天路"、元中都遗址、八百里金莲川；有春赏花、夏避暑、秋观景、冬滑雪的崇礼，连同享誉中外的崇礼天然滑雪场。

　　张家口不只有桥东、桥西，从行政区划上，下辖10个县6个区，总面积3.68万平方公里，是河北省面积第二大的地级市。

　　由于阴山山脉横贯其中，海拔高度相差较大，阴山两侧、高原上下的气候、物产、景观迥然不同，全市历来被分为坝上、坝下两大部分。"坝上"是对内蒙古高原南部边缘的俗称，也指草原陡然升高形成的地带。

　　崇礼是6个区之一，北接坝上，南面却连着桥东城区。

　　2019年夏，我坐当地朋友的车去崇礼。先走了"天路"，蜿蜒的公路铺展于跌宕起伏的大草原，如银色缎带随风飘动。大风起兮云飞扬，路旁错落排列着一个个大风车，桨叶飞转，竟自劲舞。

　　朋友说，"天路"起源于风力发电，"天路"最初就是架设风车的人们"走"出来的路。

大风刮来能源，张家口风力发电在短短 20 年间，从无到有，从有到大，成为国内屈指可数的大型风电基地、大规模新能源综合利用平台。昔日席卷而来的"大黄风"，是环境恶劣的代名词，现在呼啸而过的西北风，成了吸引客商的梧桐树，作为可再生能源，成为坝上一宝。

进入崇礼的时候，山谷幽静，森林葱郁，一排排参天大树并肩站立成墙一样密密实实的屏障。

朋友说，你感觉这几年的风不一样了吧，少了沙，少了尘，都是这些森林的功劳。

这里是三北防护林的一部分。西北、华北和东北地区的防护林建设是中国林业发展史上的壮举，2003 年被吉尼斯总部定为"全球最大的植树造林工程"。张家口坝上四县和崇礼的林网，早就纳入防护林体系。经过数十年努力，已经超额完成前三期的造林任务。

现在，张家口立足首都生态涵养功能区的定位，落实河北省委省政府的部署，加速京津风沙源治理，全市森林覆盖率达到 50% 以上。天更蓝了，风更清了，没有雾霾。张家口是全国空气质量排名前 20 的城市。

朋友说，再过几个月，崇礼是另一番景象，可谓银装素裹，分外妖娆。

这里冬季平均气温零下 12 摄氏度，降雪量大，存雪期长，雪的质量好，山峦起伏，森林环绕，风速较小，是华北地区最理想的天然滑雪区域。从创建第一个滑雪场，到陆续引进国内外实力雄厚的企业，建成万龙、云顶等多个大型滑雪场；从各种训练基地，到度假山庄、特色小镇，有两百多条雪道、几十条缆车索道，成为国内最负盛名、规模最大的高端滑雪聚集区；从国内到国际，先后承办了上百场高水准的滑雪赛事。

我们走着走着，竟走进了工地。水泥钢筋沿路堆放，重载卡车、各种工程车缓慢移动，尘土飞扬，满地泥泞。不能再走了，朋友说，汽车底盘低。

我已经看见了不远处吊车耸立，建筑物轮廓清晰，那是京张高铁崇礼支线的太子城站。

太子城是崇礼滑雪的核心区域。太子城冰雪小镇将是全国最大的赏雪、娱雪、滑雪场所，也将成为 2022 年冬奥会雪上项目的主要比赛场地。国际奥委会评估团的专家们对这里已建的和正在建的雪场、雪道，国际旅游度假村、奥林匹克冰雪文化谷等，给予了很高的评价。

六

当我终于进到太子城站的时候，高铁已经开通。车站依山而建，金属屋面，弧线造型，与周围山势相呼应。

我看见浓缩的展览，大大的绿色沙盘和有关"智能"的图片告诉人们，京张高铁是世界上首条最高设计时速 350 公里的高寒、大风沙环境高速铁路，也是我国首次采用北斗卫星导航系统的智能化高速铁路。

我看见站房里面的晶体壁画、清水混凝土柱面篆刻艺术，将层峦叠嶂、广袤无际、雪地云天呈现在一起，讲述"无界"的主题。地理之于高铁无界，山水之于人心无界，奥林匹克之于人类无界。无问地域、国家、民族，大家可以共享自然资源，共享人类文明，共享奥林匹克精神。

走出车站，一切都还在建。整个太子城将构成一幅天然的"山水图"，可观、可行、可游、可居，让人与自然相通，让心与天地相通，让人们一年四季徜徉图中。

太子城站，将是融入山水，进入度假区的车站，也是世界上第一个直通奥运赛场的高铁站。

崇礼，正以国际化的标准和视野走向世界。

七

在张家口沿清水河走，我看见詹天佑那时唯一的桥，已经被 20 多座形态各异的桥所代替。我漫步桥东，发现虽然最早的京张铁路已经停运，但铁道还在，火车还在，詹天佑（铜像）还在，它们与年代久远的机器、新开的书店一起，组成了工业文化主题公园。

我想起张家口赐儿山上云泉古寺那三个神奇的洞，水洞、风洞、冰洞，当地尽人皆知。它们是一组奇特的密码，似乎哪一个都与这个城市的命运相关。河水枯竭，风吹冰雪，曾经是张家口的痛，现在却变成另一个样子：

水是眼波横，山是眉峰聚，

雪上身矫健，风中自从容。

不同的时代，有不同的破解密码的钥匙。破解的方法固然很多，路是不能少的。

张库大道连接了张家口的战争与和平，连接了中原与北方的商旅往来；京张铁路连接了桥西桥东，连接了华北西北，连接了农业牧业与工业文明；创新的思路、开拓者的奋进之路、高速公路、草原"天路"，以及服务冬奥、扶贫坝上的绿色电力"柔性直流电路"，连接了张家口的过去与现在，连接了青山绿水、冰雪晶莹、一帆风顺。

那么，"像风一样快"的高铁不断延伸，打通京兰通道，纵贯大江南北，将会拉动张家口城内城外坝上坝下，走得更快，跑得起来，连接全国全世界，连接期待的精彩。

路是相通的。追根溯源，京张铁路是一个起点、一组基因、一种精神，有了它，中国铁路血脉偾张，中国，自信自强。

凝望张家口站，我发现那挥洒天际柔和舒展的曲线，将张家口的自然风韵融合进詹天佑的"人"字意象里。我想，那是百年更迭的风雪，对京张铁路不变的敬意。

品读京张铁路的过程是一个集中学习的过程。

有个品字，就不只是了解新情况，还在司空见惯里获得新发现，从旧故事中触动新灵感，于不经意间捕捉萤火般一闪而过的思想的光亮。

博物馆是人类的宝藏，不同的博物馆见证和积淀了不同的人杰地灵，具有历史、文化、科学、艺术的探寻价值。

世界博物馆大到英、法、美，以及俄罗斯等国的艺术殿堂，小到隐藏在曼哈顿废弃货梯里的袖珍博物馆（此馆的展品定期更换、流动展出），馆藏丰富，久负盛名。

我国博物馆日益发展，数量众多，种类纷繁。近几年，大到国家、省级博物院，小到地区、企业、乡村专题博物馆（陈列馆），不断延伸展览功能，开发文创产品，让文物活起来，让参观者领略和采撷文化特色，进一步成为了人们长知识、受教育、陶冶精神的上佳场所。

中国铁道博物馆有三个展馆，各有特点。其中詹天佑纪念馆位于北京八达岭，馆内展陈着关于詹天佑生平、京张铁路等各种文物2000余件。

我在中国铁道博物馆潜心参观，去的最多的是詹天佑纪念馆，它成为品读京张铁路的首要一环。这本书，就是以博物馆的文物（实物）为着眼点，以翔实的资料、拓展的视野和相关思考为主线，读一条路的内涵，品路上的阴晴深浅。

有朋友说，品这个字，用的人太多了，会俗。我想，吃饭喝水是最免不了的俗事，但若认真品出酸甜苦辣个中滋味，感受一餐一饭的爱心、一羹一汤的暖意、一杯茶的浮沉回甘，俗，即不俗。

品读京张铁路图，知道它不仅是一条路的蓝图，而且以此垫底，叠加出无数蓝图，奠定中国人自主创新、谋求幸福的基础。

品读清政府给詹天佑修建京张铁路的任命书，可以透过一张纸，梳理近代中国铁路、中国工业，乃至中国的发展脉络。

品读青龙桥车站，不仅有资料、照片，而且车站本身就是经典，是鲜活的标本，一边在历史里证明，一边在现实中前行。

品读那些工业感、机械感很强的仪器设备、钢轨桥隧，瞥见科学技术在中国、在世界的轨迹。即使在探讨科学技术是人类发展双刃剑的今天，也不得不承认在一定的历史条件下，科学技术，连同对待科学技术的态度，实在太重要了。

京张铁路建成，让半殖民地半封建的中国终于追上了世界第一次工业革命的脚步，而其时，第二次工业革命已经开始。

21 世纪，中国智能高铁和中国 5G 通信等技术一起，跻身世界第三次工业革命，努力走在前面，抢占开启第四次工业技术革命的先机，实现中华民族伟大复兴的中国梦。欣慰和骄傲之余回味历史，也会警醒，作为发展中国家，创新创造，我们还有很长的路要走。

品读一座铜像，比仰望看见得更多。詹天佑在我的眼中丰满起来。他有工学专家的特点、民族英雄气质，也有一般人的喜怒哀乐、柴米油盐，甚至脾气个性。虽然我无法把它们都写下来，但把一个榜样拉近，听他谈心，任他给我们可以借鉴的经验；并且通过他，认识和学习优秀的人们的优秀品质，是一件很好的事。

品读《京张路工撮影》集，我竟断定，它简直就是京张铁路的组成部分。当我把老京张与新高铁，那些基本重叠的车站挑出来，然后去一一探寻，探寻新与旧的联系、旧到新的足迹，便有了意外的感动和惊喜。

通过品读，我更了解京张铁路。原来在这条路上走，看到贫瘠土壤里开出的独特花朵，只是欣赏和赞美。现在，我像有人蹲守牡丹花开那样，俯下身，认真去看这朵京张铁路的花，怎样积累养分、孕育种子、深植大地，然后一点一点用力，向上拱，终于破土而出。我看到了积累和创造的过程。

　　通过品读，我有了更多的关注。京张铁路、京张高铁在纵横的中国铁路中里程并不长，体量也不大，但凭着它们的引领，我关注更长的铁路、更深的隧道、更大的桥梁，更多的努力和创造。中国铁路是中国的一部分，我也关注公路、航路、水路、奋斗者的路……中国大地的美景由一条条路编织而成，每一条路的质量和走向，都关乎国家富强、人民福祉，关乎我们每个人。

　　通过品读，我学会更深入地思考。虽然思考的碎片像知识的碎片一样常常散落，但还是有一些，印象深刻。

　　当我从八达岭长城站出来，走进詹天佑纪念馆、中国长城博物馆、梦幻长城球幕影院，再读"世界奇迹，历史丰碑"这部长城的史诗，重温京张铁路到京张高铁这段辉煌的历程，我想，它们都是人类文明在浩渺时空的坐标，都是中华民族屹立世界的标志，它们之中特有的神秘符号和精神元素，像中国大地上无数的奇迹一样，都将沉淀为坚韧的文化基因、文化精髓，凝炼成中华文化，充实和光大我们国家的文明史，源源不断，给后人以力量。

　　当我来到张家口车务段，听段领导一面细数老京张的"建线"经验，一面对新高铁由衷称赞——生活设施纳入整体建设，职工生产生活条件大为改观！我感慨国力增强、铁路进步，生产发展与人文关怀紧密相连。我想起，从 2008 年中国第一条 350 公里高速铁路京津城际，到京沪高铁、京广高铁、京张智能高铁，我都亲身经历、亲自目睹了它们开通运营。十年多时间，中国高铁不仅营业里程迅猛增长，而且综合品质不断提升，"复兴号"奔驰在祖国广袤的大地上，"精品工程"涵盖到一条铁路的方方面面。

京张铁路是时代的产物，当我深入了解那个时代，并与当下联系起来，透过国内国外，全球全世界政治、经济、疫情灾害等新情况新考验，对国家利益、民族纷争、人类与地球的矛盾，等等，就有了更多的觉察和重视。

也许"朝菌不知晦朔，蟪蛄不知春秋"，一个普通人，不思过往，不忧未来，可矣。但是，历史车轮滚滚，谁知道自己会不会沦为新的"阿Q"？世界风云变幻，谁知道古今中外那些倏忽而至的侵略与灾难，会不会以新的形式重演？

也许所有个体的思想和行动，都有助于解决问题。毕竟滴水虽小，汇成江海；跬步持续，可至千里。毕竟人民是创造历史的根本动力。

如果每个人，心中有理想的蓝图；肩上有自觉的担当；手里把握住科学技术的分量；放眼历史和未来，看得见榜样，看得见时代的灼灼之光，那么，我们的家，我们的国，我们的民族，我们的子孙，何其幸哉。

通过品读，我也知道自己对京张铁路的了解、理解、得到的启示，及其影响的判断，都还不够，还不到位。好在万里长城万里长，长城内外是故乡，新老铁路在京张，京张永远在路上。我当心怀赤诚，继续努力。

感谢以往有那么多专家学者，研究詹天佑和京张铁路，留下资料专著；那么多历史文化工作者关注张家口，编写史籍丛书，让我学习参考，受益匪浅。

感谢相关单位和部门的同志热心提供情况，还有很多朋友，给予我宝贵的支持与帮助。

当然也感谢每一位热爱京张铁路，愿意一起"品读"的读者。

谢谢。

二〇二〇年秋，于北京